U0104154

並蒂詩香

童山署端

徐世澤、邱燮友
許清雲、陳永正
黃坤堯、徐德智 合著

萬卷樓

目次

《並蒂詩香》序

邱燮友

「是誰傳下詩人的行業，黃昏裡掛起一盞燈。」這是楊牧〈野店〉開端的一句話。詩人的行業，是神秘的，在黃昏裡掛起一盞燈，是在賣甚麼？是賣擔仔麵、蚵仔煎，或是賣割包、蚵仔麵線等臺灣小吃，在度小月。

其實詩人是很細心在觀察形形色色往來的行人，他們的一舉一動，或是匆忙走過，在尋覓食物，或爲開創未來的腳步聲。或許詩人在觀賞大自然的景色，大川大河，都市或村莊，只要是炫麗或黑暗的事物，他們都關心，也關懷人民的生活，這些都能引發詩人的感觸和注目，然後寫下一篇篇的反思或動人的詩篇。

詩人的內心世界，從現實生活，然後跨越時空，從人性關注人類的命運前途，也藉由人生的歷練，探討生活眞實的寫實。人生是多面體，無論貧窮或富貴，只要活著、存在，都是快樂的，也是美的。

《花開並蒂》家族已出版《並蒂詩花》、《並蒂詩風》、《並蒂詩情》等詩集，結合能寫古典詩，同時也能寫新詩的詩人，共同出版並蒂系列的詩集，到今年爲止，已經是第五年，每一年一本，從未間斷。今年我們將以《並蒂詩香》與讀者見面，以前只是臺灣地區的詩人，今年更擴展到港澳和大陸的詩人，加入並蒂系列的家族，使我們的地域擴大，並將視野放大，不局限在臺灣地區；甚至以後將擴大至華人地區的詩人，都能一起弘揚中華詩學，不分古典詩或現代詩，也都能被世人所喜愛，一起創作，一起閱讀，使詩學的道路更爲寬廣。

今年《並蒂詩香》共收六位詩人的作品，每人除一則生平事略外，還有一篇詩論，三十首左右的新詩，三十首左右的古典詩。六位詩人中，臺灣地區的四位，徐世澤是榮總退休的醫師，也是一個詩人，他的古典詩和新詩都接近口語，尤其新詩樂於有韻味、既押韻又自然，是一位求新求變的詩人，醫師兼詩家，爲了推廣詩教，也樂於助人，每期的並蒂詩集，都由他支援經費的出版，我們特別在此感謝他；另外三位是許清雲、邱燮友、徐德智教授，目前都在大學裡教書。至於港澳、大陸地區二位，一位是香港中文大學的黃坤堯教授，一位是廣州中山大學的陳永正教授，他們兩位也是新詩和古典詩詞的高手，歡迎他們加入並蒂詩集的家族。

中華詩學歷久彌新，它的迷人和吸引人之處， 永遠不會減退，而且讀者更多。我們很勤奮、努力耕耘這塊詩學田地，只要有夢，只要奮力投注其間，不停地耕耘書寫，擴大詩歌的範疇，我們相信詩歌的園地，永遠會開出芳香的花朵。

作者簡介

徐世澤簡介

作者出席《文訊》重陽敬老餐會

江蘇東台（興化）人，一九二九年三月十三日生。國防醫學院醫學士、公共衛生學碩士，曾赴美、澳、紐等國考察研究，十四度代表出席世界詩人大會，足跡遍布六十四國。旅遊挪威北部時，親見「午夜太陽」。曾任醫院主任、秘書、副院長、院長、雜誌總編輯等。作品散見各報章雜誌，並列入世界詩人選集，出版中英對照《養生吟》詩集、《詩的五重奏》、《擁抱地球》（正字版、簡字版）、《翡翠詩帖》、《思邈詩草》、《新潮文伯》、《並蒂詩帖》、《健遊詠懷》（正字版、簡字版）、《花開並蒂》（合著）、《並蒂詩花》（合著）、《並蒂詩風》（合著）、《並蒂詩情》（合著），及本書《並蒂詩香》等。

曾獲教育部詩教獎。現任中國詩人文化會副會長、台灣瀛社詩學會常務監事、《乾坤詩刊》社副社長等。

作者贈書給美洲校友會會長Dr. 林百匯

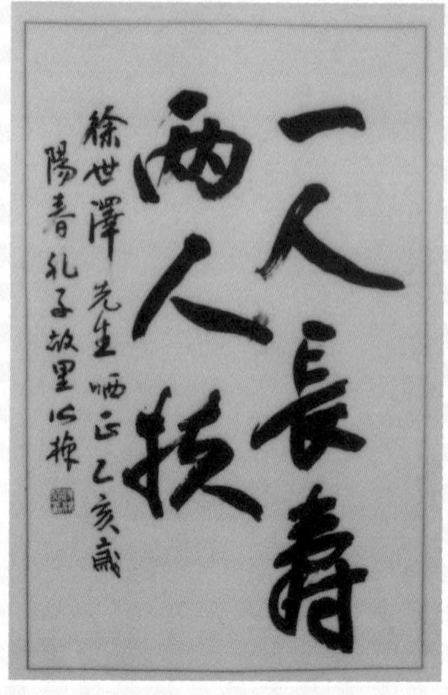

書法家孔心操寫作者詩句相贈，全詩見古典詩之〈長壽〉題

作者贈書給長坂坡詩詞學會會長陳榮權

《文訊》總編輯封德屏與作者和麥穗合影

詩論

新詩

古典詩

我對於七言古典詩的看法

徐世澤

1996年藍雲先生要辦一份新（現代）和舊（古典）並存的《乾坤詩刊》，周伯乃先生任社長，邀我任副社長。我掌握機會，每期都寫現代詩和古典詩發表。當時我寫的現代詩不成體統，編輯們就爲我修飾，勉強刊出。漸漸地知道重視「營造意象」、「適切比喻」和「詩的語言」了。我的古典詩用字遣詞與意境表達，經過方子丹教授的潤飾，漸漸地有詩味了。2005年1月瀛社詩學會林正三會長特別推薦我，向詩學大師張夢機教授請益，張教授俯允爲拙詩推敲刪改，並正式授課，學了五年半，古典詩也寫得接近成熟了。至今年止，我從事兩種詩體的寫作，已逾十七年。六年前，有《花開並蒂》出書的念頭，而今與邱燮友教授、許清雲教授等，連續出《並蒂詩花》、《並蒂詩風》及《並蒂詩情》等。最近編排《並蒂詩香》中。

詩在中國不僅起源很早，而且在中國文學史上一直佔據著主流地位。其原因有四：1. 言志緣情，用字簡練，易於記憶與傳誦。2. 詞淺意深，言近旨遠，易於長久流傳。3. 意境如畫，生動感人，具情景交融、形神兼備的藝術境界。4. 音韻和諧，達情盡意，吟誦起來，給人以聲調回環之美。我現在想來，中小學時代唐詩背誦，不是一項徒勞，而記憶絕對是理解的基礎，便利年老退休後來複習和運用，有助我今日所寫的詩。

古典詩中的近體詩（格律詩），是以漢字爲載體。漢字是世界上獨一無二，以單音、四聲、獨立、方塊爲特徵的文字。漢字把字形與字義，文字與圖畫，語言與音樂等絕妙的結合在一起，這是其他國家以拼音文字所無法比擬的。近體詩給人以形式整齊美、音韻節奏美、比喻意境美、含蓄明快美和吟誦易記美的五美俱全。尤其是押韻，具有音樂性，可歌可吟。如句式長短的規定，篇幅寬狹的限制，句式結構的成型，都是與形象思維和吟唱有關。它所用的意象、比興、聯想、想像力，不比現代詩差。由此看來，七言絕句如同標語口號，靈活性大，生命力強，它既可單獨成篇，也可幾首合在一起，寫成組詩。毫無疑問的，就是當前無可取代的詩體。它有鮮明優雅，委婉多姿的特色，簡直是一種天籟。它是不可廢，絕不會被廢。

我的詩觀，可說是中庸派。認爲古典詩存在兩千餘年，應有其價值。今日的創新，也就是明日的傳統。現代詩是詩歌流變的必然趨勢，凡一代有一代的文學，正如宋詞、元曲一樣。而古典詩一直存在，當然七言絕句、律詩還會有人寫，可以導入創新，繼承前人的智慧而能創造，乃是舊瓶裝新酒，反映了現代生活和時代精神新內容。當亦應尊重不同形式的嘗試，而應與其他詩體並存，各展其所長。只要寫到情眞、意新、格高、味濃，經過三、五十年讀起來，仍能感動人，仍有其啓發性，就是好詩。

近體詩形式甚美，但畢竟規則嚴格，相對的是比較難作。但難作不等於不能作，更不等於不能普及。對於任何詩人來說，近體詩都不是生而會作，都會有個不合「正常規格」的階段，到逐步符合「正常規格」的過程。對這個成長過程，應當持包容的態度。初學寫詩者可以由易到難，從七古絕（不論平仄，只要押韻）或新古體詩（包括新韻新聲）入手，先做到「篇有定句（四句）」，「句有定字（七字）」，「韻有定位（順口押韻在第二句末及第四句末）」。這樣相對容易一些。使愛好古典詩的人不斷增加。在此基礎上，其中必有一部分人興趣濃厚，力求步入正軌，願再在「平仄」（上去入三聲爲仄聲）上下功夫，逐步掌握「正常規格」的要求。如此便可在普及基礎上提高，而繁榮近體詩（格律詩）。我之所以不厭其煩的講出這個推廣詩教辦法，乃是肯定漢字不滅，七言古典詩就不會亡。

因七絕這種體裁，由於接近口語，到了宋代仍然保持活著的生命力，明清繼承之，在咸豐同治時期極爲旺盛。至今在中華民族間仍有發展潛力。有識之士已用近體詩的智慧，而創造「新韻新聲」，用它寫近體詩的人，逐漸增多。規定用「新韻」的平混入字的人，避免放在第二字或第四字，要注意平混入字不宜作爲平聲押韻，因這類字僅百餘個，畢竟不多，本來近體詩中就有平仄兩用的字，如教教、勝勝、看看等，可以雙軌並行，但切勿混淆。有了這種舊瓶裝新酒，我可預料到它會永遠和現代新詩比翼雙飛，共存共榮。七十歲以上老人退休後，能讓手部、眼睛與大腦協調，活躍老化，寫些應景詩和酬唱詩，與詩友們歡聚，愈活愈自在，總算將興趣獲得發揮，而自認為活出精彩來。如此，更可以延年益壽。

台北市有一個具有六十年歷史的「春人詩社」，於2013年5月25日，在寧福樓舉行吟宴，出席詩友三十餘人，90歲以上的有七人，最長者九十七歲，芳名章台華。都能臨場揮毫，按時交稿。他們都異口同聲的說：其長壽得力於寫古典詩。

依我從事醫療工作四十餘年的體會，詩是一種美化了的語言。多讀詩，存在著許多可貴的樂趣。寫詩是想說出內心的話，擴大視野，豐富了生命。甚覺得生命中有幸福感，而對社會群眾充滿了關懷。把憂愁、感傷、怨恨、憤怒都表達在詩中，使生命更有抗壓性；白天在上班或社交場合所受的委屈和挫折，以及民間疾苦等，全在晚餐後寫詩時消失。翌晨照樣精神振奮，盡力從公，毫無怨尤。因為寫詩是連接思考，心靈和技術的活動，其過程是一種自我養成，充滿信心的行為，眞是作詩之樂樂無窮。1949年退休後，更認為寫詩應對人生與事物有深刻的觀察、理解、思考，體現詩能解脫人的心靈。而詩人能以詩的藝術形式，向後代通報了他們所處的時代思想與生命。同時，詩人從作詩中得到的快樂，自會想到協助他人也快樂。

在現實的社會上，可發現寺廟籤語多用四句或兩句七言詩，大愛電視台的提示多用七字一句。京劇、越劇和崑劇唱腔，也多用七字一句。我在夢中也常寫七言詩。因爲古典詩有規則，教學生習作較容易。而現代詩目前尚未找到一條大家認爲可行的主要形式和規範，使初學者有所適從。現在的現代詩，是以美學透過那抽象的具象，著重意象、象徵、比喻、聯想、想像力，勾勒出一種動人心弦的意境和情調。雖然分行分段大體整齊，具有藝術性，卻未重視音韻節奏，無法朗朗上口，令人難以記憶。只能說它有機會和宋詞、元曲一樣，先作好幾種形式，再經過多人試寫，才能定型，才能成爲21世紀的新創詩體。但要完全接替七言古典詩，使它無人再寫，爲時尚早。因爲近體詩，在宋元明清各代的文學創新中並未消失。何況近體詩也在繼承發展，改造創新。對於口語的提煉和追求，通俗得令人易懂。七絕、七古絕清新爽口，又有文學品味的詩句，貼近現代人審美的心理。所以，我現在過的是讀詩、寫詩的詩生活，我對於七言古典詩的看法，可以斷言，只要漢字存在，它就不會被消滅。

習作七言古典詩的方法

兼述張夢機教授「立說」

徐世澤

前言

我於1995年退休後，即想拜師學寫詩。最初是方子丹教授，接著張鐵民教授，2004年復拜張夢機教授於藥廬，直到2010年夏始止。其間有林正三理事長爲我修改拙作，我可算是一個終身在學詩中。

因我是醫師出身，平時所觸及的多爲醫療行政和英文書，很少閱讀文藝刊物。55歲時我當了醫院雜誌總編輯，對詩才有一點興趣。

1998年，追隨方子丹教授，是調平仄聲階段，他要我熟讀唐詩三百首和勤翻《詩韻集成（附索引）》，隨時可找出某字是平聲或仄聲。四個月下來，便可寫四句順口的七言詩。兩年時間可勉強湊四句。學了六年，他爲我所寫的《思邈詩草》作序。接著求教張鐵民教授，我只想習作七言絕句，他便熱心地指導，並給我一本講義，我很容易學會了一些規格。到了2004年10月，蒙張夢機教授約見，林正三理事長專車載我前往。夢機師願收我爲徒。因他必須坐輪椅，左手不能動，右手寫字時歪歪斜斜地很吃力，多以口述爲主。我每個月到新店藥廬一次。學了五年半，他爲我審訂《思遡詩草》，另行出版一本《健遊詠懷》，並惠賜序言。我每次上課都用心聆聽。筆記了許多寫詩的規則和範例。我把他所教的尊稱爲「名家立說」。因上三位教授均已先後作古，今特將其所教的整理出來，分述如下：

一、習作初步

（一）造句讀詩

我是每星期二下午三時至五時，往方子丹教授住宅上課，他先教我熟讀《唐詩三百首》中的七言絕句，模仿前人的詩句，寫兩句順口的句子。方教授當場審閱，並指正。

（二）調平仄聲

漢字有四聲，即「平上去入」。在詩內只有「平仄」兩聲，把上去入同列爲仄聲。有一首詩曰：「平聲平道莫低昂，上聲高呼猛烈強，去聲分明哀遠墜，入聲短促急收藏。」原來，平聲就是一個平平的長音，上聲是往上用力頂，較有勁道的聲調，去聲是須朗暢念去，入聲有往下墜落的感覺。簡單的說，平聲是平平的，仄聲是不平的；一個跑上去，一個掉下來，一個急收藏，都不平。統統喚作仄聲。現行之國語（普通話）中有「平混入」，約有百餘字，畢竟不多。本來近體詩中，就有「平仄」兩用的字，如教教、勝勝、燕燕等。只要規定用「平混入」字的人，避免放在第二字或第四字，不要把它作爲平聲押韻，這就與近體詩相似了。

在寫七言詩時稍加留意，翻閱《詩韻集成》（附索引），便可確定是平聲或仄聲。方子丹教授教我調平仄聲，要我勤翻《詩韻集成》，四個月下來，便可寫四句順口的七言詩。

（三）練習作詩

半年後，我仍然是每星期二下午上課，方教授先作一首詩傳給我看，就依他的題目或自由擬題寫四句，當天交卷。下星期二來時，他就改好發還，並解釋爲何改這幾個字。通常修改多是用字不妥或不雅。很少一句全換寫的。算起來，一年至少寫50首，六年下來，便成一書《思邈詩草》。

二、七言絕句規格

（一）七言絕句

七言絕句（簡稱七絕），即以七個字爲一句，計四句爲一首。共28個字：第一句是起句，第二句是承句，第三句是轉句，第四句是合句。按「起、承、轉、合」的意旨，在一首絕句中，以第三句最爲重要，因轉句是一首絕句中的靈魂。並有其一定的規則與格式。現分別舉例於後：

平起式與仄起式，以首句第二個字爲準。如首句第二個字是平聲，即是平起式，如首句第二個字是仄聲，即是仄起式。

平起式首句押韻

平平仄仄仄平平，仄仄平平仄仄平。

仄仄平平平仄仄，平平仄仄仄平平。

（註：下列各詩中的平聲字，是用「—」的標示。仄聲字是用「｜」的標示。）

偽藥

奸—人—售｜藥｜沒｜心—肝—，

仿｜冒｜明—知—治｜病｜難—。

掛｜上｜羊—頭—銷—狗｜肉｜，

胡—言—野｜草｜是｜仙—丹—。

仄起式首句押韻

仄仄平平仄仄平，平平仄仄仄平平。

平平仄仄平平仄，仄仄平平仄仄平。

農民怨

酷｜暑｜嚴—寒—怕｜地｜荒—，

防—颱—避｜雨｜下｜田—忙—。

秋—收—賣｜得｜錢—多—少｜，

不｜若｜歌—星—去｜趕｜場—。

平起式首句不押韻

平平仄仄平平仄，仄仄平平仄仄平。

仄仄平平平仄仄，平平仄仄仄平平。

午夜太陽（挪威）

斜－陽－不｜落｜重－溟－外｜，

登－上｜地｜球－最｜北｜端－。

永｜晝｜天－光－書－可｜讀｜，

孤－高－岬｜角｜濕｜風－寒－。

仄起式首句不押韻

仄仄平平平仄仄，平平仄仄仄平平。

平平仄仄平平仄，仄仄平平仄仄平。

莫斯科紅場（俄）

聖｜地｜紅－場－今－變｜相｜，

列｜寧－陵－寢｜展｜時－裝－。

宮－牆－附｜近｜名－牌－店｜，

馬｜克｜思－前－廣｜告｜張－。

對以上所舉範例，皆屬正常。惟每句第一個字，用平聲字或用仄聲字，用仄聲字或用平聲字，皆不論外，但每句第三個字亦可不論；其餘當用平聲字，即用平聲字，絕不可用仄聲字，當用仄聲字，即用仄聲字，絕不可用平聲字。因此七言絕句規格中的每句第「五」個字的平仄聲，即必須遵守用平仄聲的規則。

（二）三連仄

三連仄即七言絕句中，於每一上句的第五、六、七字，不可連用三個仄聲字。例如：「仄仄平平仄仄仄」，擬作「舞｜影｜琴－聲－富｜幻｜化｜」，擬改「舞｜影｜琴－聲－多－幻｜化｜」，才合規格。所以此三連仄，為詩人所禁用。但目前較不嚴限，可用。

（三）三連平

三連平即七言絕句中，於每一下句的第五、六、七字，不可連用三個平聲字。例如：「平平仄仄平平平」，擬作「濃－裝－不｜避｜人－來－看－」，擬改「濃－裝－不｜避｜客｜來－看－」，即合規格。所以此三連平，為詩人所必須禁用。

（四）拗救法

拗救法為近體詩的變格，即七言絕句中的第三句，於必要時，可將第五、六字的平仄聲對調而補救。例如：「仄仄平平仄平仄」，擬作「囚－禁｜八｜年－河－隔｜看｜」，此句平仄聲無誤，但「河隔看」似有點拗，擬改「囚－禁｜八｜年－隔｜河－看｜」而救之，似較順妥。所以此拗救法，為詩人所活用。

（五）孤平

孤平即凡七言仄起押韻的詩句中，除所押韻腳平聲不算外，其句中只有第四個字是平聲，其餘皆是仄聲字，即稱孤平。應在該詩句中第五個字用平聲，才算符合拗救法。例如：「仄仄仄平仄仄平」，擬作「竟｜是｜土｜樓－莫｜漫｜誇－」，此七言詩句末的「誇」字是韻腳，雖是平聲不算。其中只有第四個字「樓」字是平聲，其餘皆是仄聲字，擬改「竟｜是｜土｜樓－休－漫｜誇－」。一句中有樓、休兩個平聲字，即不算孤平了。但目前較不嚴限，凡七言詩句仄起的第二句、第四句，其第一個字是平聲，與第四個字是平聲，即不算孤平。如此放寬限制，當有利於詩的推廣。

（六）押韻

押韻即作詩用韻，凡句末所押的韻，稱爲韻腳。例如：七言絕句的第一句末押韻，第二句末必須以同韻字押韻，第三句末不須押韻，第四句末亦須以同韻字押韻。此是構成詩美的主要成分，具有音樂美，易於背誦和歌唱，琅琅上口，易於記憶。

（七）體韻

體韻是指詩的體裁和詩所押的韻腳。因作詩必先出詩的題目，在題目之下，必須寫著「七絕」。如此七絕（即七言絕句）即詩的體裁，簡稱爲體。接著必須寫出限押那一個韻腳，簡稱爲韻。此在題目之下，所限體韻的規格，作詩者必須遵循。體韻不拘，即是由作詩者自行決定體裁和韻腳。不限韻即是，由作詩者自行決定韻腳而已。

三、七絕句型調配法（43種）

（一）平起式首句押韻

（1）第一句句型

a. ——｜｜｜——葡萄美酒夜光杯。

b. ｜——｜｜———枝紅艷露凝香。

c. ———｜｜——秦時明月漢時關。

d. ｜—｜｜｜——近寒食雨草萋萋。

（2）第二句句型

a. ｜｜——｜｜—欲飲琵琶馬上催。

b. —｜——｜｜—崔九堂前幾度聞。

c. ｜｜———｜—萬里長征人未還。

d. —｜｜—｜｜—登上地球最北端。

e. ｜｜｜——｜—傑佛遜前瞻昔賢。

（3）第三句句型

a. ｜｜———｜｜醉臥沙場君莫笑。

b. —｜｜——｜｜商女不知亡國恨。

c. ｜｜｜——｜｜借問漢宮誰得似。

d. ｜｜——｜—｜正是江南好風景。

e. —｜——｜—｜妝罷低聲問夫婿。

f. —｜｜—｜—｜囚禁八年隔河看。

（4）第四句句型

a. ——｜｜｜——輕舟已過萬重山。

b. ｜——｜｜——古來征戰幾人回。

c. ———｜｜——鷓鴣飛上越王台。

此與平起式首句押韻之第一句句型相同。

惟所寫字意有別，第四句不一定能用為第一句。

（二）仄起式首句押韻

（1）第一句句型

a. ｜｜——｜｜—少小離家老大回。

b. ｜｜———｜—月落烏啼霜滿天。

c. —｜——｜｜—寒雨連江夜入吳。

d. —｜———｜—金碧輝煌金殿高。

此與平起式首句押韻第二句句型相同。

（2）第二句句型

a. ——｜｜｜——平明送客楚山孤。

b. ———｜｜——鄉音無改鬢毛衰。

c. ｜——｜｜——每逢佳節倍思親。

d. ｜—｜｜｜———行白鷺上青天。

此與平起式首句押韻之第一句與第四句句型相同，惟所寫字意有別，不要隨便套用。

（3）第三句句型

a. ——｜｜——｜無情最是台城柳。

b. ｜——｜——｜洛陽親友如相問。

c. ———｜｜—｜兒童相見不相識。

d. ———｜——｜窗含西嶺千秋雪。

e. ——｜｜｜—｜孤帆遠影碧空盡。

f. ｜—｜｜——｜玉顏不及寒鴉色。

g. ｜——｜｜—｜水牛斑馬共同體。

此與平起式首句不押韻之首句句型相同，但不一定能用爲第一句。

（4）第四句句型

a. ｜｜——｜｜—一片冰心在玉壺。

b. ｜｜｜——｜—笑問客從何處來。

c. ｜｜———｜—樹木無花僧白頭。

d. —｜——｜｜—門泊東吳萬里船。

此與仄起式首句押韻之第一句句型相同，並與平起式首句押韻之第二句相同，惟所用字意有別，不一定能用爲第一句或第二句。

（三）平起式首句不押韻

（1）第一句句型

a.——｜｜——｜岐王宅裡尋常見。

b.｜—｜｜——｜洞房昨夜停紅燭。

c.———｜——｜玄宗回馬楊妃死。

此與仄起式首句押韻之第三句句型相同，第二句、三句、四句均與平起式首句押韻之第二、三、四句型相同。如第四句之「落花時節又逢君」，即與平起式首句押韻之第四句「古來征戰幾人回」句型相同。

（四）仄起式首句不押韻

（1）第一句句型：

a.｜｜———｜｜兩個黃鸝鳴翠柳。

b.—｜———｜｜迴樂峰前沙似雪。

c.｜｜｜——｜｜獨在異鄉爲異客。

此與平起式首句押韻的第三句句型相同，可靈活運用。

（2）第二句句型

此與平起式首句押韻之第一句及仄起式首句押韻之第二句句型相同。如第二句之「受降城外月如霜」，即與仄起式首句押韻之第二句「每逢佳節倍思親」句型相同。

第三句、第四句句型與仄起式首句押韻之第三句、第四句句型相同，恕不再述。

說明：

1. 爲便於初學作詩者練習，特編此句型調配法。

2. 初學作詩者；須知七言絕句只有四種基本格式，每一格式只有四句，且絕句有一、三不論的習慣法則，只要能辨別平仄，就能解決「聲」的問題，至於「韻」第一句入韻的七絕，只須三個押韻的字，第一句不入韻的七絕，只須兩個押韻的字，亦極易解決。

3. 全詩僅28字，我從此著手寫詩，初是以消遣爲主，只想寫出自己的胸懷和情操，而以延長壽命爲目的，持續對生命的熱情，沒有妄想成爲名家。
4. 七絕句型約有43種調配法，都合乎規定，只有平起式的第三句句型，第五、六兩字，有平仄聲對調的拗救法，第四句的第三字或第五字，最好有一個是平聲，稍加注意即可。

四、張夢機教授立說

（一）詩有五意

（1）曲意（訪友：清王仔園）

亂烏棲定月三更，樓上銀燈一點明。

記得到門還不叩，花陰悄聽讀書聲。

這樣才有詩意。要含蓄才有韻味。如果一到門就敲，只進來喝茶聊天，那太直了。

（2）深意（初食筍呈座中：唐李商隱）

嫩籜香苞初出林，於陵論價重如金。（於讀烏）

皇都陸海應無數，忍剪凌雲一寸心。

詩意很深，詩要避俗，尤要避熟，剝去數層才著筆。此詩意責怪，怎麼忍心剪掉凌雲參天的竹子前身。而摧殘民族幼苗。

（3）複意（謁神仙：唐李商隱）

從來繫日乏長繩，水去雲回恨不勝。
欲就麻姑買滄海，一杯春露冷如冰。

你想向人借兩萬元，他只肯借你兩百元。

此表示希望甚大，而所得甚微。另：近試上張籍水部（唐朱慶餘）之「畫眉深淺入時無？」，亦是複意。

（4）反意（赤壁：唐杜牧）

折戟沉沙鐵未銷，自將磨洗認前朝。
東風不與周郎便，銅雀春深鎖二喬。

翻案詩有好有壞，見解要夠，史書要讀得多。第三、第四句要連貫，才有意思。

（5）新意（遇艷遭拍：民國徐世澤）

婉約溫柔眸放電，盈盈一把更銷魂。
凡夫俗子無緣識，顯貴偷腥狗仔跟。

只要做得好的，都叫做新意。道前人所未道，爲後人所佩服，就是新意。

（二）詩有六起

（1）明起（下江陵：唐李白）

朝辭白帝彩雲間，千里江陵一日還。
兩岸猿聲啼不住，輕舟已過萬重山。

開門見山，首二句就表明詩意。

（2）暗起（詠石灰：明于謙）

千錘萬擊出深山，烈火焚燒若等閒。
碎骨粉身終不顧，只留清白在人間。

不提詩題。

（3）陪起（聞樂天左遷江州司馬：唐元稹）

殘燈無燄影幢幢，此夕聞君謫九江。
垂死病中驚坐起，暗風吹雨入寒窗。

第一句是蓄勢，燈影模糊下聽到被貶。第三句驚坐起，力量很大。陪前三句的情，第四句一定要以景作收。

（4）反起（宴七里香花下作：清范咸）

唐昌玉蕊無消息，后土瓊花再見難。
宦閣猶餘春桂影，婆娑長得月中看。

從反面引出本題。

（5）引起（宜蘭龜山島：民國徐世澤）

萬頃波濤往復回，北關覽勝有亭台。
東看碧綠懸孤島，直似神龜出水來。

由眼中所見景物，以引出正意。

（6）興起（北海岸望鄉：民國徐世澤）

裂岸驚濤撲面來，浪花萬朵水中開。
遙知天上一規月，應照家鄉黃海隈。

乃是由心中所感懷之事物，或觀景而生出感興，以引出題意。

（三）七絕句十三種作法

（1）起承轉合法

起句要高遠、扣題、突兀。承句要穩健、連貫自然。轉句要不著力，新穎巧妙。結句要不著跡，含蓄，深邃。如王昌齡之〈閨怨〉：

閨中少婦不知愁（起），春日凝妝上翠樓（承）。
忽見陌頭楊柳色（轉），悔教夫婿覓封侯（合）。

（2）先景（先事）後議法

前兩句或三句寫景或事實，後兩句或一句寫議論。觸景生情，就事生議。如：

萬頃波濤往復回，北關覽勝有亭台。
東看碧綠懸孤島，直似神龜出水來。

後一句含意深遠，耐人思索。

（3）先議後景（後事）法

另出新意，使議論不抽象，不枯澀。如杜牧之〈題烏江亭〉：

勝敗兵家事不期，包羞忍辱是男兒。
江東子弟多才俊，捲土東來未可知。

（4）作意置於前二句法

前二句題旨已說盡，後二句回頭敘述千里路程中的景色及舟行之速。如李白之〈下江陵〉：

朝辭白帝彩雲間，千里江陵一日還。

兩岸猿聲啼不住，輕舟已過萬重山。

（5）作意置於結句法

如李商隱之〈賈生〉：

宣室求賢訪逐臣，賈生才調更無倫。

可憐夜半虛前席，不問蒼生問鬼神。

結句言漢文帝不關心百姓，只關心鬼神。

（6）第二句既承又轉法

如竇鞏之〈南遊感興〉：

傷心欲問前朝事，惟見江流去不回。

日暮東風春草綠，鷓鴣飛上越王台。

首句是起，第二句既承又轉。三、四句一氣直下，以顯出作意。

（7）末句寓情於景法

前兩句敘事或寫景，第三句寫人的心理活動與心理狀態，其第四句卻以景作結。如元稹之〈聞樂天左遷江州司馬〉：

殘燈無焰影幢幢，此夕聞君謫九江。
垂死病中驚坐起，暗風吹雨入寒窗。

第三句驚字是心理狀態，第四句以景結情，留給讀者去領悟，去想像。

（8）末句轉而帶結法

如李白的〈越中覽古〉：

越王勾踐破吳歸，義士還家盡錦衣。
宮女如花滿春殿，只今惟有鷓鴣飛。

前三句一意順承而下，末句陡轉而結。

（9）倒敘突出重點法

如張繼之〈楓橋夜泊〉：

月落烏啼霜滿天，江楓漁火對愁眠。
姑蘇城外寒山寺，夜半鐘聲到客船。

結句「夜半鐘聲」照次序，是在對愁眠的第二位，最後才是「月落烏啼」。因寒山寺增加了楓橋的詩意美，使全詩的神韻得到完美的表現，具有無形的動人力量。

（10）對比法

能突出事物的本質特徵，增強鮮明性和表現力。今昔對比，常用「憶昔」、「去歲」、「別時」等開頭，第三句常用「如今」、「今日」、「而今」等。如王播之〈題木蘭院〉：

三十年前此院遊，木蘭花發院新修。

如今再到經行處，樹木無花僧白頭。

（11）承對合用法

前兩句對仗，後兩句承接，也可前兩句承接，後兩句對仗。如李益之〈夜上受降城聞笛〉：

迴樂峰前沙似雪，受降城外月如霜。

不知何處吹蘆管，一夜征人盡望鄉。

（12）並列對合法

四柱式的對仗，分別寫四個事物或一事的四面，成爲一種天然畫面。如杜甫之〈絕句〉：

兩個黃鸝鳴翠柳，一行白鷺上青天。

窗含西嶺千秋雪，門泊東吳萬里船。

（13）就題作結法

如韓偓之〈已涼〉：

碧闌干外繡簾垂，猩色屏風畫折枝。
八尺龍鬚方錦褥，已涼天氣未寒時。

此詩通首佈景，不露情思，而情愈深遠。
以結句呼應題意，是謂之就題作結。

説明：七絕共二十八字，每字都有一定的位置，都要發揮特別的作用，語近而情遠。七絕句的作法多種多樣，怎麼寫都可以。但要靈活運用，才不致遇到一題目，無從著筆。平時要多讀詩，多寫詩，多揣摩詩，靈感來時，緣思措辭，充分發揮自己的思想感情。保證寫詩的人，不會患失智症，多能延年益壽。

（本文爲紀念方子舟、張鐵民、張夢機三位教授而寫。並感謝林恭祖、鄧壁、江沛、林正三等四位詞宗悉心指導。）

參考資料：

1.《唐詩三百首》　三民書局
2.《詩韻集成》（附筆劃索引）　三民書局
3. 許清雲編　《古典詩韻易檢》　三民書局
4. 張鐵民編著　《中國詩學講義》　青峰出版社　1995
5. 林正三編著　《台灣古典詩學》　文史哲出版社　2007
6. 張夢機口述資料：徐世澤筆記　2005～2009年

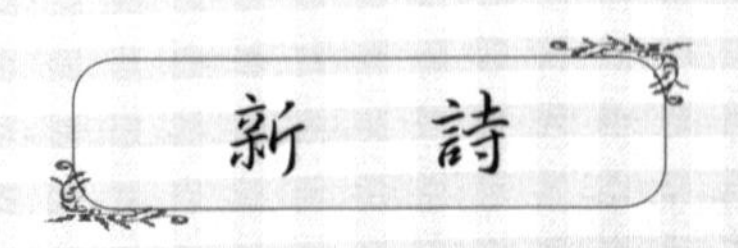

在繆斯公園內

——懷詩人宋哲生教授

爽朗的笑聲，依然在我腦海
熟悉的背影，仍舊在我身旁
您在世界詩人大會上
展現中華詩聖優質的學養

在英詩和古典詩的浪花中
您渾厚朗誦的音韻，悠揚迴盪
築起了通往世界詩壇的長橋
更以古典精美詩作，動人傳唱

古典詩是中華文學的瑰寶
閃爍著我們華夏智慧的光芒
您在《乾坤》發表的詩篇
仍受到詩友傳誦、讚賞

在知道您去世的惡耗時
淚水頓時沖垮了我堅固的心房

此生，您矗立在繆斯公園內
挺拔的身影，將繼續耀眼發光

寫一首有生命的詩

今晨讀白居易〈琵琶行〉
「同是天涯淪落人
相逢何必曾相識」
如此感人的詩句
加上演奏的真切
使江州司馬青衫濕

晌午過後，又讀
岳飛的〈滿江紅〉
「莫等閒，白了少年頭，空悲切」
如是民族感躍然紙上
壯懷激烈

這時我想到，要寫一首
有生命的詩
就得要和白、岳二位比一比
可惜我沒他們的才氣
時代背景、際遇和功績
且已白髮蒼蒼，空悲切

外婆甜蜜的追憶

滿頭銀髮的外婆
帶著微笑而抱怨的語氣
說跟外公牽手散步一輩子
到老了還要她服侍

86歲的外公聽了很得意
外婆表示過去把他照顧得
無微不至
才有這樣棒的身體

沒想到一波寒流來襲
外公中風就過世
不久，外婆獨行
跌斷了腿，只好坐上輪椅

如今，外婆才回憶
外公在世時她有所依
每天生活總是神采奕奕
日日都有盎然的生機

外婆還説，只有在外公面前
才活得自在而有意義
有時鬥鬥嘴，也能互愛互諒
在子女面前若無其事

荷之外

翠綠蓋滿池塘
半露身軀半隱藏
根紮汙泥，亭亭玉立
水中央
搖曳生姿迎曉露，映朝陽
串串明珠滾動在花蓋上

綠葉襯紅齊怒放
貼水花開冉冉香
宛若美人胸前物
碧腕玲瓏舞霓裳
雨打青盤，銀珠跳躍
雨過天青，撐傘照常

清波沐浴
不染汙而發光
娟秀容顏招蝶舞
粼粼魚躍輕紗旁
蜻蜓戲水成景點

風吹波動更清涼

微風蕩漾
笑鬥炎陽

荷塘月色水弄姿
賞荷倩影都成雙

荷香益撲鼻，風送
情侶入夢鄉

鄉情

鄉情是城裡的一棵
一棵百年的老槐樹
也是城裡的一條
一條百年的石板路

那棵老槐樹
綴滿故事和樂譜
那條石板路
迴盪著成串如詩的音符

那一聲聲的鄉音啊
凝聚著一生的思念和互助
見到城裡來的鄉親們
歡呼、握手、擁抱、愛撫……

北海岸思鄉

緩步徜徉，北海岸
浪花拍打堤防，朵朵歡唱
遊客駐足，留連忘返而西望

孤帆遠影，遠影孤帆
蕩起東海上的波光
粼粼如矽砂，在水面上蕩漾

有一對老夫婦
坐在人行道旁
回憶往事滄桑

而我，一直眺望西北的遠方
將六十六年的思念
留在台灣，台灣也是故鄉

身老台灣

當年千里來逃難
孤苦飢寒
幸能順利求學
就業行醫，生活粗安

成家後闖過購屋關
官階按時攀
退休月俸足可過活
閒來還能把詩玩

兩岸三通時
髮已斑，慶幸還可返鄉看
此生飄泊坦然
心在江蘇，身老台灣

登山遠眺

我已八五高齡
對世事既無欲念
也無野心
唯一盼望，世界和平

回顧2013年
物價雖有少漲
但有退休金
生活還算安定

回想初到台灣，舉目無親
每年春節登山慶新年
遠眺黃海西岸
撫慰思鄉之情

去年2月10日登山
陽明櫻花夾道，春風滿面
遠眺西北角，巨浪滔天
難掩心中的苦辛

餐敘日

好友王翁八七壽辰
一週前來電相邀
有幾位老校友非常好
到時可放鬆開懷
清一清心中壓力和煩惱

每天晨起都期待
能見一兩知交
可吃時鮮現炒
知心老友多聊聊
好讓心情和煦、陽光普照

餐敘日終於來到
王翁對佳餚一一介紹
可惜老友年老，視茫茫
聽覺差，齒牙動搖
無法品嘗，色香味的美好

老李右眼渺渺

老趙左耳聽力不好
此時，我心情沉重，忘了笑
王翁開懷對我們慰勉
對他自己的健康，引以自豪

白衣天使

滿臉溫柔相
輕盈天使裝
玉人含笑來復往
儀態端莊
親切勝冬陽

輕聲微笑說
殷勤問暖涼
上班總為病人忙
心腸慈善
贏得美名揚

下台的政客

盞盞華燈如繁星，得意的臉
少了幾條皺紋
當年眾聲如雷響起，而今
當了議員，主掌城鎮，成了名人

但轉眼自身的光環，繁華不再
晚年生活無人聞問
叫人心酸，令人齒冷
世情啊！荒涼如浮塵

夜店途中

夜晚車流滾滾
恍若舞著一條火龍
遠觀群星烱烱
有人趕來交鋒

夜店門前燈光閃爍
鶯鶯燕燕一窠蜂
新貴風流想入門
竟遭狗仔窮跟蹤

熟女的愜意

去年情人節
夾在農曆新年假期間
2013加214
轉譯口語，就是
「愛您一生愛一世」

單身貴族難免落寞孤寂
她曾經有過受邀燭光晚宴
攜手同遊
洋溢幸福歡樂年華的氣息
此刻憶起形單影孤
更易觸動內心傷春的事跡

折翼療傷，穿越感情風暴
她已懂得放下
曾經擁有的更珍惜
心無牽掛，自在逍遙很愜意
勝過一生一世……

婚姻大事

不婚族成群結派
影響傳家接代
養兒育女，變成人生負債
青年男女流行養貓養狗
牠們的名字都叫寶貝Baby

窗外綿綿細雨，潑洒
恰似我內心不安復搖擺
期待我兒對婚事了解
由彼此扶助，相互信賴
以堅忍毅力，創造未來

啊！
和暖的春風，是我內心的期待
期待吾兒呀！
要創造繼起的新生命
婚姻大事，得及時安排

波士頓馬拉松驚爆

（2013年4月15日下午3時45分）

鮑曼哭叫著爸爸
艾琳哭喊著媽媽
聲聲撕心裂肺
卻看不到丹妮和比爾

白色煙霧，壓力鍋炸出火花
兇殘的鐵釘和滾珠
射傷了他們的爸媽
嚇壞了這兩個學生娃娃

在路邊圍觀群眾的尖叫
他們神情錯愕，心亂如麻
鮑曼和艾琳哭喊聲變得嘶啞
爸媽現在到哪裡去啦

志工趕來對他們傳話：
「你們的爸媽都受傷
阿姨會帶你們回家」
群眾於心不忍，淚如雨下

夜與黎明

星、星、星星，在空中
悄悄爬行
向沉睡的我
灑下希望的光點
夜飛逝得那麼安寧
熟睡的我常因悟句驚醒

我在陽明山下很平靜
與世無爭，淡度光陰
上天賦予寫詩的樂趣，
只在黎明觸動靈感，反覆誦吟
隨著詞宗們的指點
步步邁向峰巔……

夢裡暢想

夜，太長了
上弦月垂掛西窗
我端坐在電視旁
獨對韓劇的母女情
痴痴欣賞
不知不覺墜入夢鄉

我不再掛念世間滄桑
心也不再流浪
背上行囊已無重量
行走徜徉在不平坦的路上
總覺飢渴需要補充食糧
或找一處方便的地方

誰好心來到我的身旁
送我一杯溫熱的開水
潤濕我乾裂的口腔
我直覺是鄰居的好姑娘
瞬間頗感迷茫
夢裡暢想，醒也暢想……

夢中的敬老院

壯麗景觀好庭院
大廈建築富堂皇
設備齊全重休閒
更煥彩換裝
耆老展歡顏

舒暢寢室五星級
廚房整潔供三餐
食材都是有機產
走廊牆壁裝扶手
輪椅可在院內遊玩

詩書畫展連連辦
博奕衛生復健房
會客電視志工班
復有溫馨宗教講壇
翁媼樂活不孤單

景點的記憶

劉老太太失智
只有外傭陪侍
辣辣怪怪的印尼品味
她的味蕾找不到
熟悉的方位

女兒回家，見媽媽坐在
輪椅上，眼神呆滯
不言不語，令人心悸
上班時，最怕外傭來電
敘說媽媽又出事

陽明山上的花鐘
可喚起劉老太太的記憶
她看到花鐘，顯得雀躍親切
漫步廣場，當作心理醫治
重新綻放了笑意

假日女兒陪她，在陽明山上

看看薄霧由腳下升起
見見白雲朵朵懸浮天際
縱然是黃昏
有美景欣賞，康復可期

我是風

我是風，我來了
驅走四周的寂靜
萬物因我而有了生機

我喜歡在花葉上親吻
在樹枝頭詠歎
在深山空谷中吟詩……

我喜歡舞弄纖纖柳枝
與落葉狂舞
舞出海浪奔騰的兇姿

待我形成了颱風
呼嘯掠過千山萬水
橫掃城鄉，人站不穩而倒地

我時而溫柔靜思
時而狂暴發威
善變是我的天性，不足為奇

秋之旅

陽明山上秋風，梳著
枯黃的樹葉，在枝頭搖晃
它們寫成的詩句，近乎焦黃
讓我讀得心慌

濃霧一波波
由山腳下升起
開車總得前後燈亮
霧散了，我心情舒暢

抬頭向兩旁觀望
那紅極一時的櫻花樹
伸張疏鬆的枝椏
綠葉幾乎掉光

山間瀑布流水
泛著粼粼波光
讓秋陽染成金黃
在裸石之上作響

七星山上的芒花

如少女馬尾，左右搖晃

嬌小迷你可愛

我總算暢遊了陽明山一趟

電鍋

大同電鍋進廚房
省去火爐少繁忙
拋除瓦斯柴炭味
洗米下鍋置中央
接電無須定時刻
還可保溫免焦黃

半世紀前即面世
如今改用現時裝
多種功能煮飯粥
上層蒸菜又煲湯
功效超過賢主婦
幾分鐘後飯菜香

筷子清唱

兩個弟兄一樣長
同心相助伴舉觴
不彎不曲不折腰
酸甜苦辣為口忙

潔身無私任由人
不嫌貧富話炎涼
餐後喝點薄油水
再讓潔劑洗精光

美食專業書店

——東區好樣思維

台北東區有家書店
巨幅白翅
向達文西的自由思想致意
涼風徐徐
思維設計得好美

坐在二樓沙發上
與友人切磋詩藝
面對著繆斯的微笑
鏗鏘新意的思維
重織一籮夢囈

當聞到菜餚飄香
驚見桌椅餐具都精緻
尤其欣賞古典紅磚老牆
樂見窗外滿園綠意
新春頻添無限風光、喜氣

樂活常樂

人老起得早
下床後應站一站
走路慢步防止跌倒
更要避免收涼，血壓升高

對晚輩，善用美意
舉止優雅，微微笑
少管他人的事
免卻煩惱不討好

快意自在，順心自在
應邀社團活動，要準時到
與人交談，謙遜互敬
通體舒暢，隨興就好

居室通風空氣佳，防濕防燥
衣服穿白紅藍，明亮色調
飲食營養均衡，清淡可口
細嚼慢嚥，七分飽就好

樂活長久，智慧技巧
能在銀閃閃的場所樂逍遙
睡夢中常和老友相聚
可惜常急著要尿……

老窖與高粱對酌

瀘州老窖飄洋過海
與金門高粱對酌
他們相聚融洽，對話愉快
頻頻碰杯把拳猜
杯杯喝乾，溫暖彼此的胸懷

兩位酒友喝得十分忘我
老窖說，他的祖先在唐朝
杏花村就掛了頭牌
還有近親是茅台
極香醇，身價高貴酒瓶可愛

高粱說，我出生浯州金門
早經譽滿全台
目前已周遊世界，無人不愛
可嘆的是，有人酒駕肇事
惹起流血流淚的悲哀

我是旁觀者，十分羨煞

飲酒有眾多親友相陪
陶潛醉了吟詩作對
李白一飲三百杯……
人生真的難得幾回醉

人生一場足球賽

人生一場足球賽
上半場45分鐘
相當於青年期功過得失
由於外界或自身犯沖
有人走錯了路
致使在職場上有諸多失控

中場休息15分鐘
相當於40至45歲間
是停下腳步，進行思想貫通
幸遇談得來的良朋
適合改換跑道，繼續深造
展現天賦才華的新作風

下半場，也是45分鐘
相當於壯年而知天命
會有柳暗花明的變動
自可翻轉局勢，士氣如虹
打成平手，甚至逆轉勝

創造最大樂趣的成功

打成了平手，還可
加時賽，延長30分鐘
相當於退休後做想做的事
有新的發展如夕陽紅
照亮新景點
締造暮年樂活，受人尊崇

矮小的手杖

七年前，我跌斷腿
手術後，藉著山上老嶺中的
一棵樹，修練成一枝仙杖
助我慢步行走

她照護我右肩提高好直腰
在公寓樓梯間，也盡力相助
上下計程車，更像一個盡職的
侍從，先為我把車門打開穩住

我已85了，過馬路時
常會有人趨近攙扶
這都是因她身矮引人注目
也像極了一位惹人憐憫的老婦

凝視雞血石

我曾在無名氏處見過
一大塊雞血石
恍若玉品，其鮮血艷紅
如能雕成藝品或製作印章
將是美不多讓

天目山上的文遠住持
曾將一塊雞血石，獻給
乾隆皇帝
雕成「乾隆之寶」玉璽
此物典藏在北京故宮
仍以帝王之尊炫耀
供遊客凝視、觀賞……

老友知道昌化產品較優
特為我選購一塊
像三明治的雞血石
我鑑賞把玩，永不變質堅硬
擁有永不汙染的色澤
予我一種很真切的觸感

年金的未來

平平、安安，你們前年
無從選擇，來到這個世界
有沒有看過地球發的
「年金的未來」簡訊

台灣是個高齡、少子化社會
勞動人口逐年下降
現在生下來的小孩長大後
就要用工作每月付社保費
而累積成退休年金

父母養育你們，每人每月
需花費兩萬元
當你們讀大學時的貸款
畢業後只能到低薪職場
要如何償還

成家後要購屋
簡訊說得清清楚楚

低薪十五年不吃不喝
未必能籌足這些錢

平平、安安，你們這一對
純樸天真，可愛的雙胞胎
未來的退休年金
給付一直在變動
你們要如何平平安安的度過

霧裡看花

春節長假上陽明山
車過陽金公路，突然
濃霧瀰漫
沿途出現白晝如黑夜的景象
開燈能見度，不及兩公尺
路旁所看見的櫻花
只是淡淡白點閃爍……

接著一股北風吹起
濃霧散成浮塵
空氣飄浮由灰白轉為黑芒
車行到北投方見晝光
形成東山濃霧西北晴朗
讓人真正領悟到
霧裡看花，花非花

老人失禁

「鄭爺爺又大便了」外傭叫著
用「包大人」為他換尿布
她張大眼，一臉驚惶失措
這時只能忍耐，不能享有

她想，爺爺一輩子該是
慣用馬桶，私密如廁的人
怎願接受躺在床上
任異性看到他的私處

他失智多久了
不知怎麼這樣糊塗糟糕
返老還童，隨意大小便
弄得自己毫無尊嚴

她無法想像眼前的老人
長期臥病者的大便
有多臭，多難清理
莫怪媳婦常常為此皺眉頭

又過了最後一天

六十出頭的李先生
身邊有位少婦照顧他
讓人不禁大讚命好
他說女兒願意陪他
但不知還能活多久

他原想在退休後
好好享點清福
體驗卻查出患了腦瘤
開刀有很大風險
不開當然就活不了

手術雖然順利完成
左側肢體卻變成癱瘓
躺在床上度日如年
接著要做復健
一大堆刑具等著他
過程如萬箭穿心
最後總算只有左腿不便

定期回診，醫師認為
腦瘤有再長的可能
他說：不再開刀了
不想家人再面對他
又一次生死未卜的煎熬
更不願自己老癱瘓在病床上

於是，他反而變得豁達
將生命中的每一天
都當成最後一天來珍惜
每天都由女兒陪伴
緩緩步下樓梯，外出去散步

人生晚年，如一道斜陽
淺紅色的光線灑在身上
他漫步在斜陽中
一點都不慌忙

青椒炒牛肉絲

王翁歐洲歸來
在機場即撥電話
請老妻炒一盤「青椒炒牛肉絲」
但老妻誤聽為「紅燒牛肉」

可能旅途勞頓
他緩步走進客廳
廚房飄來牛肉香
急著想坐下吃晚餐

待菜餚放齊後
他微瞇雙眼閃著細光
一盤盤看過去，只見牛肉
卻少了油綠油綠的青椒

他說：我是想吃
「青椒炒牛肉絲」
老妻一臉掛著絲歉意
說聽錯了，他就是不願舉箸

幸好女兒下班回來
眼看這種尷尬場面
即刻表示到餐廳買一盤
於是，他露出一副月光破
雲層的笑

不久，女兒端上一盤熱炒菜
老妻彷彿欣賞著魔術表演
目睹他笑從臘黃的臉露出來
瞬間點燃溫馨的光燦

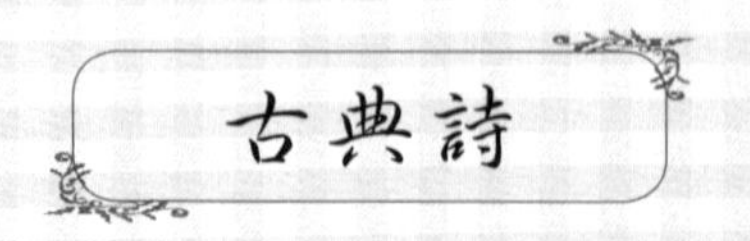

嚴懲貪官

公職官員多俊豪，無憂生活位權高。
貪汙受賄拿回扣，刑律健全當坐牢。

執法須嚴

公平正義無私念，執法須嚴不愧天。
欲使人民能讚服，增強檢審感安全，

二十萬白衫軍

身著白衣臨凱達，茫茫一片地加霜。

最高權力終回應，真相追求正義張。

黑心食品

豪宅奸商狼似狼，黑心食品滿街坊。
代言高貴人相信，塵世虛榮傷胃腸。

下筷難

食品遭摻中毒深，家庭主婦意消沉。
謀財害命驚寰宇，舉箸維艱傷透心。

年尾又來詐騙

家居電話鈴聲響，詐騙錢財隔岸聞。
不必説明何姓氏，年前見過又逢君。

名模

雙眸脈脈站台旁，玉腿紗裙散體香。

麗質天生傾國色，薰余一味永難忘。

再頌御醫姜必寧獎

行善御醫在選賢，必寧贈獎已三年。

陸台港澳精研者，徐鄭知心最領先。

四川雅安大地震

（一）四川雅安大地震

大發天威動地牛，瞬間搖撼屋和樓。

親人壓死堪沉痛，誰遣凶災舉國愁。

註：報紙上又稱「蘆山」大地震。

（二）脫險尋親

歡呼救出欲僵人，脫險兒童倍苦辛。
幼小心靈遭重創，血痕瓦石急尋親。

（三）村童被壓傷

地牛疾走北蘆山，不幸村童手足殘。
水電俱停難覓食，災區父母好心酸。

南海護漁

南海屢聞爭島忙，菲船瞪眼亂開槍。
護漁彰顯軍威壯，制止侵權變戮場。

頌清廉高官

經濟起飛賴眾賢，富民強國不貪錢。
一身清白誰知曉，讓屋遺孀感動天。

銀河夢泛

銀河閃耀舞春風，引我狂飛訪月宮。

不見嫦娥難掩怨，醒來原是一場空。

二〇一三年一月廿四日

（一）二〇一三年一月廿四日

乘車北向大屯行，夾道櫻花照眼明。

正是寒冬希日曬，公園靜坐動吟情。

（二）陽明櫻花

陽明山上白雲天，似錦櫻花益復妍。

映日繁枝增嫵媚，今年驚豔勝從前。

觀畫

柔筆動情花影重，蛙鳴柳岸迓東風。
行人徐步觀春景，樂見陶潛一畫中。

源遠藝廊觀畫有感

似曾相見名西畫，原是陳良善油描。
勝過丹青更端雅，迎風少女賽花嬌。

康芮颱風雨

東北颱風西部雨，南台窪地變池塘。
水溝泥塞誰之過，馬路成河最感傷。

夜遊石門

車過石門夜未央，遙看海浪閃燈光。
漁船返港頻登岸，魚蝦盈筐供品嘗。

荷花

新荷疊翠滿池塘，貼水紅花冉冉香。
碧腕玲瓏支捲蓋，風吹波動覺清涼。

辣妹

街花不及美人妝，走路飄來玉腿香。
短褲長衫遮不住，雙峰半露醉王郎。

長壽

人言長壽是鴻福？長壽老人偏覺孤。

照顧起居防跌倒，一人長壽兩人扶。

養老防兒

（一）養老防兒

生男原是舊家風，今日淪為啃老翁。

索取錢財無謝意，晚年落得一場空。

（二）訪問老友所見

九七高齡腿力傷，腦筋清楚禮難忘。

低聲重聽筆談可，拍掌頻頻雙眼張。

（三）老嫗養孫

百尺高樓盡入流，貧民寒士滿街頭。

繁華只在霓虹裡，扶養孫兒日日愁。

火化觀感

好友成灰在眼前，人生如夢看今天。
台灣多少興衰事，猶以爐中一縷煙。

春人詩社迎賓即景

百人齊聚錦華樓，長坂詩家北市遊。
社友爭行贈書禮，君潛鄧璧待賓優。

其二

關懷暢飲豁詩情，音響伴吟清脆聲。
女客都能歌舞秀，全場鼓掌似雷鳴。

重陽歡聚

節居重陽爭敬老，地方首長禮金來。
設筵餐館邀文友，高論酣吟忘避災。

註：《文訊》於2013年10月7日提前過重陽節，在台大醫院國際會議廳設筵四十桌，邀宴文友、詩友聚餐。盛況空前。

賀全永慰榮升

全姑永慰報佳音，北美館中肩重任。

學養專精孚眾望，清官自有濟時心。

八五感懷

老化原來慢病多，信心面對只求和。

和平相處無傷害，益壽延年好放歌。

其二

匆匆已是白頭翁，往事如煙一陣風。

苦辣酸甜多入味，迷濃鮮活總成空。

敬祝夏紹老期頤壽辰

亞城物候喜溫和，百歲天真日放歌。
自古詩家長壽少，惟公勝過陸游多。

其二

素仰杏林濟世心，詩詞雅愛作龍吟。
五洲四海搜佳句，此日期頤世所欽。

華陀神醫

良醫自古同良相，三國華陀最擅長。
撰述病情如數寶，廣施技術不尋常。
金針穿穴開肩臂，藥物化療賴胃腸。
妙手回春多創意，曹操猜忌殺身亡。

敬步沛公米壽書感原玉

人生難得樂觀過，米壽依然好醉哦。
妙句爭誇追往哲，佳詞行見譜新歌。
曾經枕甲欽心赤，豈為昌詩惜鬢皤。
今日萊衣欣舞彩，庚婠雙燦耀吟窩。

註：1. 沛公是尊稱。江沛社長主持〈春人詩社〉，提拔後學，卓有績效，特以此詩聊作賀壽之忱。

2. 庚是男星，婠是女星，庚婠指夫妻雙壽。

敬賀彭太夫人石姑九七華誕

戎馬生涯逢戰亂，白衣天使忙救災。
親攜子女逃青島，巧遇夫君在北台。
治病扶傷為職責，齊家枕甲賴英才。
高齡九七身猶健，樂見賢孫作總裁。

冬至瀛社團敘

朔風凜冽北台遊，自覺冬陽勝敝裘。

不想徐步添雅興，趕來團敘泯鄉愁。

吉祥樓內聞吟鶴，社友群中闊論鷗。

幸賴微軀仍健壯，宏揚詩教莫言休。

陳威明主任獲獎

醫教奉獻獎何來？陳氏威明笑靨開。

視病猶親重治癒，感人事跡譽全台。

註：陳威明係台北榮總骨折創傷科主任。對待病人如同家人。常主動關心學生，重視身教言教。讓學生體會到醫師並非只賺錢，而治好病人才是最大的成就。2013年醫師節，陳主任獲頒「醫教奉獻獎」，他應得之榮典榮譽。

邱燮友簡介

羅東運動公園

筆名童山，福建省龍巖縣人，生於1931年12月14日。一歲隨父母來台，定居花蓮港，七歲時正值1937年七七抗戰，舉家遷回龍巖，在家鄉完成小學、初中、高中的基礎教育。1949年再度來臺，次年進入臺灣省立師範學院（師大前身）國文系，1954年畢業，並參加預官訓練，以及在中學任教兩年，然後再考進國立臺灣師範大學國文研究所進修，1959年畢業，並留校任講師、副教授、教授。在教育界任教已逾半世紀，曾任臺師大夜間部副主任、僑生輔導主任委員、國文系所主任、所長；並出任玄奘大學主任秘書、宗教所所長；元智大學中語系主任、香港珠海學院客座教授。

退休後，仍任教於文化大學中研所、東吳大學中文系，為兼任教授。擅長中國文學史、樂府詩、中國詩學，並從事古典詩、現代詩創作。主編《中國語文》、《國文天地・萬卷樓詩頁》，並與臺師大、文大研究生合編《臺灣人文采風錄》，與周策縱、王潤華、徐世澤等六人出版古典詩和新詩集，名爲《花開並蒂》。此後又陸續出版《並蒂詩花》、《並蒂詩風》。著有《童山詩集》、《天山明月集》、《童山人文山水詩集》、《品詩吟詩》、《童山詩論卷》等著述。

曾參與編撰復興書局《成語典》、文化大學《中文大辭典》、三民書局《學典》和《大辭典》等；並參與編撰《國學導讀》五大冊，其中〈中國文學史〉、〈樂府詩〉兩篇導讀爲筆者所撰。以及早年參與教育部、國立編譯館所編撰的高中國文標準本教科書，南一書局高中國文教科書，三民書局高職國文教科書。

2005年，獲得中國詩歌藝術學會贈予詩歌藝術貢獻獎。歷年教學與著述不曾間歇，並將教學和著述視爲終身志業。

上海松江區豪宅前

福建武夷山莊

詩論

新詩

古 典 詩

謝靈運書寫山水詩層次結構

邱燮友

一、從《爾雅》看先秦山水詩的啓示

早年從《爾雅》解釋《十三經》的山水人文，印象深刻。《爾雅》中的〈釋山〉、〈釋岳〉、〈釋水〉諸篇，如〈釋丘第十〉中，有「丘，一成爲敦丘，再成爲陶丘，再成銳上爲融丘，三成爲崐崘丘」[1]；〈釋水第十二〉中，有「水草交爲湄」[2]、「逆流而上曰泝洄，順流而下曰泝游」[3]等句，對《十三經》中寫山水的釋義，助力顯著。

有時看周遭的山水，一重山稱「敦丘」，二重山稱「陶丘」，尖而銳上稱「融丘」，三重山稱「崐崘丘」。在〈釋水〉中，水草交錯爲湄，逆流而上，順流而下，景色各異。然古人少見海洋，爲大陸型作家，今人常見海洋，因島國的因緣，故有海洋文學的產生，《爾雅》中缺〈釋海〉，是因地理環境所造成。古人山水佳句極多，如《莊子・秋水》篇，用神話寓言，描寫河伯見北海若，有「貽笑大方」[4]的成語；又如陸機〈文賦〉云：「石韞玉而山輝，水懷珠而川媚。」[5]因而有「山輝川媚」的描述。

讀謝靈運（385-433）的山水詩，是實山實水、摹山狀水的寫法，甚至他在永嘉（今浙江溫州）太守其間，有時還泛舟海上，有海洋詩的開拓。由於六朝（220-589）期間，是玄學盛行的年代，他的山水詩，甚而有觸及第四度空間的文學，如他的游仙山水詩便是。

二、引發評品人物、評品詩文的玄風

六朝玄學是老莊思想盛行的年代，人們追尋人生的奧秘，天地的奧秘，對玄妙的人生、天地，甚至於事理自然的密碼，都想探箇究竟，如《莊子・逍遙遊》篇所說的「天之蒼蒼，其正色耶？」[6]天是藍的，究竟有多深，今人稱之爲太空，是無極無垠的空間；人是否能羽化登仙，長生不死，漫遊於仙境，逍遙自在？於是他們評品人物，評論詩文，開拓如阮籍的〈詠懷詩〉、左思的〈詠史詩〉、郭璞的〈游仙詩〉、陶淵明的〈田園詩〉、謝靈運的〈山水詩〉，用一組題目，寫一串的組詩，繽紛絢麗，詠大小物至於實體，綺靡輕豔，成一時的風尚。又如劉勰的《文心雕龍》，將文章體類分二十四體，鍾嶸《詩品》評六十家詩，分上、中、下三品，謝靈運的詩，便在二十一家上品中，稱讚他的詩：「麗典新聲，絡繹奔會，譬猶青松之拔灌木，白玉之映塵沙，未足貶其高潔也。」[7]

三、謝靈運的生平事略及其詩篇

謝靈運在《宋書》中有傳[8]，他是六朝豪門的後代，祖籍爲陳郡陽夏（今河南太康附近），世居會稽（今浙江上虞），十五歲由錢塘遷至建業（今南京市），居烏衣巷，祖父謝玄，爲晉車騎將軍，父瑍，生而不慧，爲秘書郎，早亡。謝靈運幼便穎悟，謝玄特別寵愛他，少而好學，博覽群書，文章之美，江左莫逮。十八歲時，襲封康樂公。東晉義熙二年（406），謝靈運二十一歲，出任永嘉（今浙江溫州）太守，性好山水，出遊永寧、麗水、錢塘、上虞、始寧、會稽、杭州、蘇州到徐州一帶，一路都有詩記錄各地的山水景物。義熙十四年（419），劉裕在彭城（江蘇徐州）建南朝宋國，時謝靈運出任黃門侍郎，是年東晉亡。宋文帝元嘉二年（424），謝靈運三十九歲，改任臨川（今江西撫州）太守，他在任內，荒忘政事，被流放廣州。元嘉十年（433），參與農民謀反，在廣州被棄市，得年四十九。依據北京中華書局的黃節注本《謝康樂詩注》[9]、里仁書局的顧紹柏校注《謝靈運集校注》[10]、北京中華書局的逯欽立輯校《先秦漢魏晉南北朝詩》[11]，謝靈運傳世的詩，共106首。

四、謝靈運為山水詩的奠基者

詩人和畫家，往往對自然界的景物和氣候的變化特別敏感，他們對物象書寫與自然感應，有特殊的處理方式，詩人是用筆和文字，組合成一首首的山水詩，畫家都是用筆和線條顏色組合成一幅幅的山水畫。我國的山水詩，早期是一聯或兩聯寫山水，並未將整首詩的篇幅，來描摹山水。在六朝時，北魏酈道元利用漢桑欽的《水經》，完成《水經注》，尤其是〈江水注〉，將長江三峽一帶的奇山異水加以描寫，完成了舉世注目的山水散文；同樣地，謝靈運在登山臨水時，利用永嘉一帶的秀麗山水，就他所見的眞山實水，寫成一首首紀遊的山水詩，因此，謝靈運的山水詩，是開創前人所未用整首詩寫山水的方式，是以我們稱他是我國山水詩的奠基者。

今就謝靈運的106首詩，對山水詩層次結構與物象書寫和自然感應的處理，可歸納出下列幾點特色：

（一）真山實水的白描山水詩

謝靈運在永嘉太守時，對浙江溫州一帶的山水，有特殊的愛好和吸引力，他將一路行來所見的山水，用定點式的描摹，不用典故而直接用白描手法書寫，因此這些眞山實水的白描山水詩，因寫景的清新秀麗，開創了我國山水詩的新頁。尤其浙江上虞縣南始寧，是他祖先故居所在，他半官半隱，有時在始寧過隱居的生活，對故居的山水風物，更加熟悉，寫來更是順手。加以六朝時，文藝思潮盛行「巧構形似之言」，要求對外在的景物「密附」、「曲寫其狀」。其實就是用白描手法，將眞山實水加以描摹，並以對偶的句式，精美輕豔的詞語紀錄。從陸機（261-303）以來，便追求辭藻的華美和對偶的工整，一直延續於六朝文人的文藝風尚之中。

謝靈運的〈過始寧墅〉，便足以代表白描山水詩的特色。始寧爲謝家的故里，祖先多葬於此，並有故宅和別墅，能曲盡幽居之美。其詩如下：

束髮懷耿介，逐物遂推遷。違志似如昨，二紀及茲年。
緇磷謝清曠，疲薾慚貞堅。拙疾相倚薄，還得靜者便。
剖竹守滄海，枉帆過舊山。山行窮登頓，水涉盡洄沿。
巖峭嶺稠疊，洲縈渚連綿。白雲抱幽石，綠筱媚清漣。
葺宇臨迴江，築觀基曾巔。揮手告鄉曲，三載期歸旋。
且爲樹枌檟，無令孤願言。[12]（卷2，頁55）

這是他四十三歲的作品，那年秋天離開故鄉始寧時，前八句對自己違志去做官的檢討，繼而對赴任永嘉的機會，枉帆回故鄉一遊，盛讚故鄉山水之美，表明三年秩滿，回故鄉隱居，期盼鄉親和枌檟樹木，等待他歸來。其中對始寧的眞山實水，以白描手法描摹，成摹山狀水的山水詩。

（二）直觀抒感時空轉化的四季山水詩

詩人對四季的轉化、物象的變遷與自然感應，有秩序地寫出春秋山水美學的山水詩。例如謝靈運的〈登池上樓〉寫春景：「池塘生春草，園柳變鳴禽。」（卷2，頁61）他的〈遊南亭〉寫夏景：「澤蘭漸被徑，芙蓉始發池。」（卷2，頁64）他的〈過始寧墅〉寫秋景：「白雲抱幽石，綠筱媚清漣。」（卷2，頁55）他的〈晚出西射堂〉寫冬景：

「曉霜楓葉丹，夕曛嵐氣陰。」（卷2，頁60）又如〈歲暮〉：「明月照積雪，朔風勁且哀。」（卷4，頁167）四季物象分明，寫景密附，能顯現四季山水美學。今以〈登池上樓〉爲例：

潛虬媚幽姿，飛鴻響遠音。薄霄愧雲浮，棲川怍淵沉。
進德智所拙，退耕力不任。徇祿反窮海，臥痾對空林。
衾枕昧節候，褰開暫窺臨。傾耳聆波瀾，舉目眺嶇嶔。
初景革緒風，新陽改故陰。池塘生春草，園柳變鳴禽。
祁祁傷豳歌，萋萋感楚吟。索居易永久，離羣難處心。
持操豈獨古，無悶徵在今。（卷2，頁61-62）

這首詩是謝靈運的山水詩代表作。是他三十八歲春天，登永嘉池上樓，在他去年七月赴郡，至次年春天，因病初癒，見春陽初現，春意蓬勃，鳥鳴鶯鶯，春草始生，有無限生機之感。

（三）由實而虛的游仙山水詩

六朝時代，游仙觀念盛行，人們求仙訪道，煉丹服寒食散，想隱居深山或泛舟海上，追逐神仙蓬萊仙境。其實從秦漢以來，便追逐游仙，如秦始皇派徐福入東海，尋找蓬萊仙島，並且建造生塋，希望死後也能享人間一樣的榮華富貴。於是1977年在西安以西臨潼縣秦始皇陵的發現，至今已有數千件的兵馬俑出土。而漢武帝的陰陽圖讖五行之說，時時於宮廷承露臺有靈芝出現等吉兆，想像王子喬、西王母的出現，如〈古詩十九首〉所說的：「服食求神仙，多被藥所誤。」[13]尤以東漢末葉，帝王因服食靈丹，多中毒夭折，才有〈古詩十九首〉對亂服藥而被藥所誤的省思。

六朝繼秦漢以後，道家玄學流行，在文學上志怪、游仙文學至為興盛，甚至如人神戀之詩賦，亦時有所現。謝靈運處於玄學風行時代，他的詩歌，也有由實景寫入虛幻的游仙山水詩。甚至九江廬山慧遠和尚創立的淨土宗，主張人往生後，有輪迴的思想。如謝靈運的〈淨土涼〉：「法藏長王宮，懷道出國城。願言四十八，弘誓拯羣生。淨土一何妙，來者皆菁英。頹言安可寄，乘化必晨征。」（卷4，頁165）菩薩往生淨土，須具四十八念。這是進入第四度空間的文學。其他如〈入華子崗是麻源第三谷〉、〈初往新安桐廬口〉[14]、〈七里瀨〉[15]等詩，是謝靈運任臨川太守時，在江西撫州所寫的游仙詩。其間多寫秋日登高臨瀨，在麻姑壇，彷彿與羽人、丹丘等仙人相遇，或感時日的推移，感念嚴光、任公子順自然的變化，而存得道的要妙。這些從郭璞（276-324）游仙詩之後，開展由實而虛的游仙山水詩。今舉〈入華子崗是麻源第三谷〉為例：

南州實炎德，桂樹陵寒山。銅陵映碧澗，石磴瀉紅泉。
既枉隱淪客，亦棲肥遯賢。險徑無測度，天路非術阡。
遂登羣峰首，邈若升雲煙。羽人絕彷彿，丹丘徒空筌。

圖牒復磨滅，碑版誰聞傳？莫辯百世後，安知千載前？

且申獨往意，乘月弄潺湲。恒充俄頃用，豈爲古今然！（卷4，頁138）

詩中言華子崗，是麻山的第三谷，故老相傳華子期，爲祿里的弟子，翔集此山頂，故稱華子崗，是仙人聚集的山頂。

（四）泛舟海上的海洋詩鈔

中國古代詩人，大半爲內陸文人，一輩子見過江河湖泊，卻沒有見過海洋，因此我國海洋詩不甚普遍。在《莊子・秋水》篇，卻曾寫河神—河伯，以爲黃河河床寬闊，站在這岸，看到對岸，卻不辨牛馬，於是河伯欣然自喜，以爲天下之美，盡在於斯。順流而東行，至渤海，則見海神—北海若，站在岸上，往海面望去，不見水端，於是對北海若講，如果我不到您這裡，將貽笑於大方之家。這則寓言，則是一篇極美的極短篇，海洋之廣之美，豈是黃河可以比擬。

在謝靈運的山水詩中，因爲浙江靠海，在溫州一帶，瀕臨東海，於是他在永嘉太守任中，有時也可以泛舟海上。如他的〈遊赤石進帆海〉、〈於南山往北山經湖中瞻眺〉[16]等詩，前首爲謝靈運不得志，遂乘帆泛遊海上以自遣；後首有「海鷗戲春岸，天雞弄和風」句（卷3，頁114），從岸上眺望海洋。今舉〈遊赤石進帆海〉詩爲例：

首夏猶清和，芳草亦未歇。水宿淹晨暮，陰霞屢興沒。

周覽倦瀛壖，況乃陵窮髮。川后時安流，天吳靜不發。
揚帆採石華，掛席拾海月。溟漲無端倪，虛舟有超越。
仲連輕齊組，子牟眷魏闕。矜名道不足，適己物可忽。
請附任公言，終然謝天[17]伐。（卷2，頁75）

這首詩作於景平元年（423），謝靈運三十九歲的作品。詩中首述赤石勝境，次敘揚帆越海，最後對魯仲連有功輕組和公子牟心存魏闕進行褒貶，闡明功名不可求，惟有隱居，才能全身避禍的道理。

（五）摘句描摹山水佳句的山水詩

在謝靈運的詩篇中，經常可以讀到清新雋永的佳句，被人傳誦不已。尤其他的〈登池上樓〉，有「池塘生春草，園柳變鳴禽」（卷2，頁61），也是他的代表句。今舉例句如下：

灼灼桃悅色，飛飛燕弄聲。（〈悲哉行〉，卷1，頁18）
寸陰果有逝，尺素竟無覿。（〈長歌行〉，卷1，頁20）
弦高犒晉師，仲連卻秦軍。（〈述祖德詩〉，卷2，頁39）
宵濟漁浦潭，旦及富春郭。（〈富春渚〉，卷2，頁57）
連障疊巘崿，青翠杳深沉。（〈晚出西射堂〉，卷2，頁60）
千頃帶遠堤，萬里瀉長汀。（〈白石巖下徑行田〉，卷2，頁67）

雲日相輝映，空水共澄鮮。（〈登江中孤嶼〉，卷2，頁78）

野曠沙岸淨，天高秋月明。（〈初去郡〉，卷3，頁87）

林壑斂暝色，雲霞收夕霏。（〈石壁精舍還湖中作〉，卷3，頁98）

連巖覺路塞，密竹使徑迷。（〈登石門最高頂〉，卷3，頁111）

巖下雲方合，花上露猶泫。（〈從斤竹澗越嶺溪行〉，卷3，頁117）

類此寫景或哲理佳句，多不勝收。這也是謝靈運山水聯句中的偶句，影響後代，尤其是唐人的山水詩，成對仗的名句，如李白的〈送友人〉「浮雲遊子意，落日故人情。」[18]王維的〈使至塞上〉「大漠孤煙直，長河落日圓。」[19]使後代山水精緻絕妙，傳誦不已。

（六）寫山水詩如同畫家對山水景物的層次畫法

畫家出外寫生，與詩人對山水詩的寫法層次，有相同的著筆方式。有時採重點寫法，如謝靈運的〈歲暮〉，便是這種寫法，其詩如下：

殷憂不能寐，苦此夜難頹。明月照積雪，朔風勁且哀。運往無淹物，年逝覺易催。（卷4，頁167）

有時採高處，往下俯視的寫法，如謝詩中的〈石室山詩〉：

清旦索幽異，放舟越坰郊。莓莓蘭渚急，藐藐苔嶺高。石室冠林陬，飛泉發山椒。虛泛徑千載，崢嶸非一朝。鄉村絕聞見，樵蘇限風霄。微戎無遠覽，總笄善升喬。靈域久韜隱，如與心賞交。合歡不容言，摘芳弄寒條。（卷3，頁119）

這首詩如同仙人王子喬，從高處往下俯視寫所見山水幽異的景色。

其次，還有由遠而近或由近而遠的寫景方式，如同電影手法中的淡入（Zoom in）或淡出（Zoom out）寫法。如謝詩中〈石門巖上宿〉，是由遠而近淡入的寫法，其詩如下：

朝搴苑中蘭，畏彼霜下歇。暝還雲際宿，弄此石上月。鳥鳴識夜棲，木落知風發。異音同致聽，殊響俱清越。妙物莫爲賞，芳醑誰與伐。美人竟不來，陽阿徒晞髮。（卷3，頁113）

此詩從雲際、石上月遠處，漸次寫到近景的鳥、木、風等妙物，最後才提到這些美景，有誰來與我共賞。

還有由近而遠淡出的寫法，如謝詩中的〈夜發石關亭〉：

隨山逾千里，浮溪將十夕。鳥歸息舟楫。星闌命行役。亭亭曉月暎，泠泠朝露滴。（卷4，頁145）

從近處所見的山水，到遠處鳥息舟楫，星闌曉月，甚至到清冷的朝露，一路滴落山野。

以上幾種寫山水景物的方式，重點寫法，俯視寫法，由遠而近或由近而遠的淡入、淡出的寫法，是山水詩中最常見的層次結構筆法。

五、結論

晉代的謝靈運和北魏的酈道元是我國山水文學的開創者，謝靈運在山水詩的成就和酈道元在山水散文上的貢獻是有目共睹的。本文將謝靈運在山水詩的特色，歸納爲六大項，他是摹山狀水、白描山水的高手，甚至開創第四度空間的游仙山水詩和海洋文學，以及山水詩層次結構寫法，使後世山水益形波瀾壯闊。他的山水詩清麗自然，少用典故，境界開闊，至大無礙，使人發現中國人的天人合一思想，更使人想起《孟子》中的天時、地利、人和的環保觀念。原來自古以來，自然界山水之美，人類居其中，享受大自然景色絕麗的環境，更引起人類愛大自然和自然的偉大。人類的渺小，在大自然下，人類更要謙卑爲上，就如《周易》六十四卦中，最好的卦象是「謙卦」，謙卑是人類的美德。

主要參考書目

（晉）郭璞注、（宋）邢昺疏、（清）阮元校勘　《十三經注疏·爾雅注疏》　臺北：藝文印書館　2007年8月

（晉）謝靈運著、近人顧紹柏校注　《謝靈運集校注》　臺北：里仁書局　2004年4月

（晉）謝靈運著、近人黃節注　《謝康樂詩注》　北京：中華書局　2008年1月

（梁）蕭統撰、（唐）李善注　《文選》　臺北：藝文印書館　1972年9月六版

（梁）沈約撰　《宋書》　北京：中華書局　1974年10月

（梁）鍾嶸著　《詩品》　收於（清）何文煥編訂《歷代詩話》　臺北：藝文印書館　1956年6月

（唐）李白著、（清）王琦注　《李太白全集》　北京：中華書局　1999年7月

（唐）王維撰、近人陳鐵民校注　《王維集校注》　北京：中華書局　1997年8月

（清）王先謙集解　《莊子集解》　上海：上海書店　1992年6月

逯欽立輯校　《先秦漢魏晉南北朝詩》　北京：中華書局　1988年9月

注釋

1 見（晉）郭璞注、（宋）邢昺疏、（清）阮元校勘：《十三經注疏．爾雅注疏》卷7〈釋丘〉第10（臺北市：藝文印書館，2007年8月），頁114。
2 同註1，卷7〈釋水〉第12，頁120。
3 同註2。
4 《莊子．秋水》：「秋水時至，百川灌河，涇流之大，兩涘渚崖之間，不辨牛馬。於是焉河伯欣然自喜，以天下之美爲盡在己。順流而東行，至於北海。東面而視，不見水端。於是焉河伯始旋其面目，望洋向若而歎曰：『野語有之曰：「聞道百，以爲莫己若者」，我之謂也。且夫我嘗聞少仲尼之聞，而輕伯夷之義者，始吾弗信。今我睹子之難窮也，吾非至於子之門，則殆矣！吾長見笑於大方之家。』」見（清）王先謙集解：《莊子集解》卷4〈秋水〉第17（上海市：上海書店，1992年6月），頁99～100。
5 見（梁）蕭統撰、（唐）李善注：《文選》卷17「論文賦」（臺北市：藝文印書館，1972年9月六版），頁247。
6 同註4，卷1〈逍遙遊〉第1，頁1。
7 見（梁）鍾嶸著：《詩品》卷上，收於（清）何文煥編訂《歷代詩話》第1冊（臺北市：藝文印書館，1956年6月），頁11。
8 參見（梁）沈約撰：《宋書》卷67〈列傳〉第27「謝靈運傳」（北京市：中華書局，1974年10月），頁1743～1779。
9 見（晉）謝靈運著、近人黃節注：《謝康樂詩注》（北京市：中華書局，2008年1月）。
10 見（晉）謝靈運著、近人顧紹柏校注：《謝靈運集校注》（臺北市：里仁書局，2004年4月）。
11 見逯欽立輯校：《先秦漢魏晉南北朝詩》（北京市：中華書局，1988年9月）。

12 引自（晉）謝靈運著、近人黃節注：《謝康樂詩注》（北京市：中華書局，2008年1月），頁55。本文所引謝詩均出自黃節《謝康樂詩注》，以下徵引僅標明卷次和頁碼，不復加註說明。

13 同註5，卷29「雜詩上，〈古詩十九首〉之十三『驅車上東門』」，頁419。

14 〈初往新安桐廬口〉：「絺綌雖淒其，授衣尚未至。感節良已深，懷古亦云思。不有千里棹，孰申百代意。遠協尚子心，遙得許生計。既及泠風善，又即秋水駛。江山共開曠，雲日相照媚。景夕㜕物清，對玩咸可喜。」（卷4，頁141）

15 〈七里瀨〉：「羈心積秋晨，晨積展遊眺。孤客傷逝湍，徒旅苦奔峭。石淺水潺湲，日落山照曜。荒林紛沃若，哀禽相叫嘯。遭物悼遷斥，存期得要妙。既秉上皇心，豈屑末代誚。目睹嚴子瀨，想屬任公釣。誰謂古今殊，異代可同調。」（卷4，頁142）

16 〈於南山往北山經湖中瞻眺〉：「朝旦發陽崖，景落憩陰峰。舍舟眺迴渚，停策倚茂松。側徑既窈窕，環洲亦玲瓏。俛視喬木杪，仰聆大壑 。石橫水分流，林密蹊絕蹤。解作竟何感，升長皆丰容。初篁苞綠籜，新蒲含紫茸。海鷗戲春岸，天雞弄和風。撫化心無厭，覽物眷彌重。不惜去人遠，但恨莫與同。孤遊非情歎，賞廢理誰通。」（卷3，頁114）

17 原黃節《謝康樂詩注》作「終然謝夭伐」，「夭」字疑誤。此據顧紹柏《謝靈運集校注》作「終然謝天伐」，頁115。

18 見（唐）李白著、（清）王琦注：《李太白全集》卷18「古近體詩」（北京市：中華書局，1999年7月），頁837。

19 見（唐）王維撰、近人陳鐵民校注：《王維集校注》卷2「編年詩（開元下）」（北京市：中華書局，1997年8月），頁133。

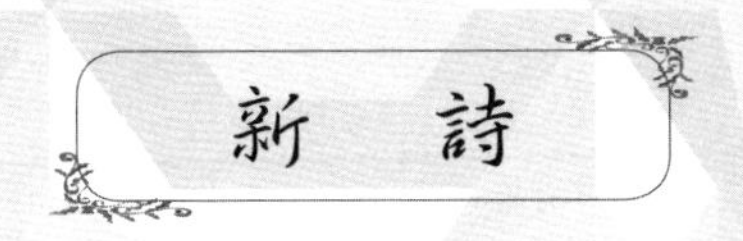

新　詩

臺灣，海洋文學的曙光

臺灣像一隻藍鯨，
浮游在太平洋上。
美麗的龜山島是神龜，
陪伴在它身旁。

古籍記載：琉球、台員，
相傳是神仙居住的地方。
經過數千年的傳説，
穿越第四度空間，
點燃海洋文學的曙光。

連衡臺灣通史上盛讚：
「美麗之島，婆娑之洋。」
海洋文學，開放海上，
向無涯的花海冒險試探，

激發青年征服海洋的希望。

太平洋是一片青青草原，
船隻往來像駱駝、牛羊。
他們快樂地啃食白浪，
抬頭在藍天下，成長茁壯。

觀海

秦始皇從咸陽城，
眺望東海有仙山。
他想像蓬萊有不老的藥，
讓道士們去尋找。

徐福帶五百童男童女，
乘船從千童村出發，
寄望回程時找到仙草，
從此長生不死不老。

蒼茫無盡的海，
白雲藍天擁有它的神秘。
天上有白鷗，海上有魚蝦，
浪花打在懸崖如百花燦爛。

探測四度空間，海天渾然，
沒有底部無窮無盡的蒼茫。
聽海在唱歌，觀測海浪，
海洋，美麗的海洋，引人聯想。

花蓮，翠玉的光芒

在中央山脈大山後，
隱藏一塊原生種翠玉，
古早人稱它為後山花蓮港。

七星潭一灣藍色海岸，
白色的浪，獻給花蓮一環花圈。
站在米崙山上眺望，
花蓮是太平洋的故鄉。

荳蘭、馬達鞍的山歌，
是原住民向檳榔妹的召喚。
初鹿的牛乳，池上的米，
是脯育遊子，享譽全臺的便當。

清水斷崖，太魯閣的狹谷，
驚心動魄，可媲美蜀道難。
清新潔淨，海洋湧來新潮，
像一塊碧玉，使人怡悅心曠。

花蓮的泥土黏人像女人香，
和睦親切，如同家人一樣。
後山花蓮港是太平洋守護神，
也是地震、颱風的屏障。

流動的花朵

在芸芸眾生中，
總有才貌出眾的人。
如屈原《離騷》所云：
「紛吾既有此內美兮，
又重之以修能。」
「內美」便是天賦的才能，
加上後天的努力便是「修能」，
天賦和努力是成功的要訣。

又如陸機的《文賦》
也留下警惕的名句：
「石蘊玉而山輝，
水含珠而川媚。」
山輝水媚是山川的精英
如同眾生之中，天賦英才
培育出色的人物。

前人留下名言警惕世人，
如英國詩人雪萊，

在〈西風頌〉中所說：
「冬天來了，春天還會遠嗎？」
印度泰戈爾也曾說過：
「天空沒有留下翅膀的痕跡，
但我也曾經飛過。」
只要你活過一生，
便是表示海德格所說的：
「存在便是值得，存在就是美。」

在我們周遭所見到事物之中，
草木花朵實在是天工巧思，
那花瓣花蕊花心，是天然的美，
它的形態、紋理、色澤，
無一不是自然界最出色的設計。
你只要細細品味天工巧物，
沒有比花更美的物件，
那怕是小草的花朵，
都是造物者恩賜給人們的寵物。

淡水河的自白

我本是山川秀麗的河，
從涓涓清澈的細流，
到浩浩湯湯的大河。
人們讚頌兩岸的靈秀，
如今我好比黑色的柏油路。

人們把不要的東西拋入河中，
養豬場、養雞場都將廢水
流入河裡我都包容，
秀麗的河川漸次褪色。

人們把不要的、貪婪丟去，
我忍受工廠的污水排入。
甚至死去的寵物，讓我保管，
把不要的東西任水流走。

人們都說要環保秀麗的河川，
兩岸草木培植成美麗的公園。
但只說說並沒有阻止河川污染，

我成為甚麼都有的淡水河。

當河水流到淡水漁人碼頭，
夕陽下淹蓋掉所有的污穢。
我仍是人們稱頌的佳人，
正如杜甫所説的：
「在山泉水清，出山泉水濁。」
儘管如此，我依然是臺灣最美麗的河。

詞牌新解

蝶戀花

滿園春色，
有蝴蝶翩然飛來。
紅花紅艷，白花清芬，
猶如女子桃花泛臉，
短褲注目引人，
繁花盛開，有蝴蝶飛來。

菩薩蠻

和尚念經，自搞木魚，
生老病死，輪迴不已。
青山雲煙杳靄，
綠水常流不息，
自然有無窮無盡的奧秘，
讓人去玄思追隨。
像菩薩蠻的佛曲，
餘音嫋嫋傳唱，永無止息。

虞美人

當青春消逝後，
只好從夢中去尋找花樣年華。

白色的花朵

在騎樓下，
穿白短褲的走過，
像一塊磁鐵，
吸引所有的目光，
釘住那雙白皙的腿，
她是一束引人入勝的花朵。

在夏日的夢裡，
有個穿白短褲走過。
多少蝴蝶飛來，
圍繞在那朵白花，
花也繽紛，夢也繽紛。

多樣人生

在菜市場，
我是個小市民。
在大賣場，
我是個顧客。

在運動場，
我是個運動員。
但在醫院，
我也是一個病人。

在課堂上，
我是一位國學老師。
在街道上，
我只是一個過客。

在人群中，
我是一隻卑微的螞蟻。
在幻變的世界中，
我體會每個人都是多樣的人生。

給應裕康教授

年紀越老
朋友也越來越少。

今年新春，
我們在電話裡互祝新禧；
怎知元宵節前晚，
大嫂打電話來，説你已走了。
真是晴天霹靂，
我已失去一位至好的朋友。

回憶民國三十九年（1950）秋天，
我和你初次見面，
轉眼已是六十三年。
我們在師院（今臺師大），
前後兩度同班，兩度畢業。

我們一起受名師教誨，
一起上課，一起打球。
同受國家公費的培育，

這種深情如同手足。
我在三民出版《童山詩集》，
那篇序是你寫的，
其中寫作的奧秘，我們都心照不宣。

後來你和皮述民到政大教書，
我和馬森留在師大原校。
我們幾度分手，你到南洋大學，
我一直留在師大原單位工作。
我們發現我們的後代都很傑出，
這是我們最大的安慰。

當你出殯那天，
我和謝雲飛、曾俊良，
一起從台北趕到高雄，
當大體推入靈堂時，
我們起立，確定你真的離去，
我們眼睛裡湧出的水，
如同莫言小說中所說的，
那些水，不是眼淚。

後記：我們一起受名師教誨，那些名師是高明、林尹、潘重規、高鴻縉、屈萬里、王叔珉、鄭騫、孔德成、牟宗三、蘇雪林、謝冰瑩、李辰冬等，另外我還到英語系旁聽梁實秋的英詩一年。這些老師都不在世，但如莊子所說的，薪火相傳，永不止息。

讀山海經

今年夏天，特別酷熱，
滾滾熱浪，像沙漠的火。
小民要問天，
如何聊生？如何過活？

讀陶淵明退隱東軒，
酷熱裡看山海經圖。
東晉義熙年間，也是離亂，
小民何以聊生？到處群魔亂舞。

今年夏天，特別酷熱，
早稻黃澄澄正好收割。
兩個農夫在酷陽下，
中暑身亡，誰去關懷挽救？

南海風雲告急，
菲律賓軍艦，
在嬉笑中追殺我漁民，
舉國沸騰，抗議後，
才得到遲來的道歉、正義。

草葉

一支綠劍，
穿出地表，
在風中搖曳，
迎接初生的生命。

它是包圍整個地表的草，
絲毫不畏懼風霜雨露。
柔弱、堅韌的個性，
表達無窮的生命力，
一片草莽，生長在無限空間。

只要有泥土的地方，
都能看見它的存在。
像錐子脫穎而出，
展露綠色的劍，綠色的旗幟。

夏日花的盛宴

一、鳳凰樹

六月，鳳凰花開，
離歌傳唱，花瓣將離情燒紅。
學子相聚，如今勞燕紛飛，
畢業季節，術業專攻。
鳳凰迎風，前程各奔西東。

二、曲池荷風

荷花挺立，曲池荷風，
猶如少女初見，臉泛潮紅。
愛情是夏日的溫度，
一度一度不停昇空。

夏日的邀約，花的盛宴重逢，
滿池荷花，秋收時結成愛的蓮蓬。

三、阿勃勒

阿勃勒，黃金雨，

早年在師大校門盛開。
多少往事像迎賓的花環，
成串成串地迎接盛夏的到來。

忘了今年是何年？
歲月只能在大地留下季節。
飄落滿地的黃金雨，
像金色的地毯令人喜悅。

四、穗花棋盤腳

夜訪台大校園，
曾經為觀賞雪白的流蘇花。
今晚不是為了甚麼約會，
而是為了奇特的火樹煙霞。

在台大圖書館面前，
整排的穗花棋盤腳
一串串整夜像煙花燃放，
在黎明前墜落，消聲匿跡，
將樹下鋪上一層雪白。

五、薰夜草

紫色的霓裳，

感染紫色的懷念。
在北海道牧良野，
鋪天蓋地的紫色漫延。

像小兒女渴望愛情的垂憐，
在夏月落日之前。
散發出淡淡的幽香，
帶一份憂鬱，一份思念。

六、九芎花

早年，九芎樹，
被砍來當柴火煮飯。
如今，燃燒瓦斯，
九芎樹因環保得以保留。

成串的紅花開放纍纍，
在山野公園使人流連。
當年在美國奧斯汀大賣場，
燃燒的九芎花，引來對家鄉的懷念。

七、古亭公園的波斯菊

繼阿勃勒黃金雨後，
夏日最後開放的波斯菊。

在微風中跳舞、沈醉，
送走落日後的黃昏。

純黃、橘黃、橙黃、黃黃，
綿延到海角山涯。
找海若山神對話，
忘了人們的富貴榮華。

與山對話

一座座像金字塔，
是埋葬歲月的墓。
我邀山對話，
又有誰知道山的寂寞。

山是無言的，
唯有風和雲走過。
晴朗的天空是見證，
歲月被埋只為日出日落。

我與山對話像一首歌，
只是一些音符，吹動樹木。
秋天蘆花佔據整個山谷，
春來花開點亮滿山花朵。

山是無言的無話可說，
惟有用心領悟無言的蕭索。
無邊的山野，恬靜的山阿，
我與山對話，悟出寧靜的果。

讀莫言小說十四行詩

紅高粱長長的枝幹，
長滿一粒粒諾貝爾獎的果。
好似長長的小胡同，
沒有止息的句子長滿青蘿。

小福子淹死河中是誰的〈罪過〉，
無知的鄉民沒法將他救活。
〈擁抱鮮花的女子〉像鮮花嬌媚，
返鄉結婚的上尉卻擁抱落花一束。

魔幻現實是莫言的筆，
勤奮經營〈酒國〉或〈天堂蒜台之歌〉。
〈豐乳肥臀〉是少女的夢，
引人討論他下筆過於沈重。

山東高密醞釀莫言小說的蜜，
祖籍龍泉是他靈感的河。

背包客

像一片浮雲，
飄流過山川河嶽。
經過的秀麗景色，
儲存在背囊中，
不斷翻閱。

背包客，
是名山大川的過客，
沒有流連、依戀。
不停地拍攝村莊、原野，
在人情上留下腳跡。

背包客、浮雲一片，
飄過山川、村落、河嶽，
沒有留戀，只有喜悅，
行囊中留存下不少記憶。

尋找詩材

為尋找詩的題材，
在人海茫茫，
尋找動人的故事。
就如海灘沙礫中，
尋找璀璨的貝殼。

找尋詩的主題，
像白鷗飛翔在波濤中，
尋覓躍出水面的飛魚，
瞬間出現，攝取驚人的畫面。

上海篇

一、上海西郊國賓館

西郊賓館坐落虹橋路，
此地風光特別優閑。
青青草地，四周爬滿紫藤。
塔松、五針松，尖尖的頂，
宛如聖誕樹伸向天空。
寧靜地草地上靜坐，
彷彿從繁華風月世界，
進入幽靜禪定的宇宙。

二、上海東方明珠

凡來到上海遊賞，
都會拜訪東方明珠。
在外灘上，萬頭鑽動，
如同黃浦江上的水滿滿。

對岸陸家嘴的建築，
矗立著三球的東方明珠，

時過境遷的香港，
和平酒店勝過半島酒店，
東方明珠如今轉讓給上海。

上海外灘人多溢滿，
人潮洶湧如同黃浦江水滿滿。

三、上海松江區豪宅

上海松江區一帶，
一排排都是頂級毫宅。
連棟林立，高入雲煙，
顯示上海極度開發後，
也有寧靜無比的空間。

前面湖泊環繞，視野遼闊，
花園似錦，步道環繞，
運動場地設備周全，
楊柳低垂勝過西湖水邊。

讓人遠離塵囂，沈澱思慮，
在滾滾的人群紅塵中，
有桃花源一片淨土在人間。

四、上海虹橋機場

繁忙的上海虹橋機場，
來自各地的旅客出入其間。
各色人種如聯合國，
他們喜愛新開發地的新鮮。

臺灣跟虹橋機場連線，
在松山起飛降落虹橋方便。
兩岸往返旅客何只萬千，
都說上海是臺灣的後花園。

觀翁凰筑個展

午點二三點
有點疲勞困倦，
陶醉在酣睡中，
夢見嬰兒從太極裡，
破繭而出。

於是大地甦醒，
靈魂與春光結合；
誕生的生命與春陽應合，
洋溢的力量重生出發。

浩浩蕩蕩的宇宙，
有如第四度間遼闊。
但願生從昏睡中醒來，
重見陽光普照新年。

古典詩

臺灣好山好水好人情

青山四季綠青青，
四季風光日月明。
水流清澈流山谷，
石上崢嶸秀色橫。

平疇村莊稻禾生，
農家辛勤將田耕。
莊稼四季隨時節，
整年生計物資盈。

黑心商人為圖利，
臺米摻雜劣米營。
油中混合假油品，
飲食不安心難平。

更有工廠排毒水，
良田污染百公頃。
土質含汞千年毀，
豈令臺灣好人情？

臺灣小吃行

三月海上颱風季，
漁船入港漁夫閒。
上岸賣吃度小月，
肉燥湯麵蚵仔煎。

萬巒豬腳牛舌餅，
櫻花烤鴨勝北京。
冰品芒果鳳梨酥，
臺灣小吃古有名。

皮薄肉多小籠包，
雞翅水餃牛肉麵。
魯肉飯配貢丸湯，
珍珠奶茶任君選。

全島各地有特產，
百年老店眾口宣，
兩岸往來名氣盛，
特撰臺灣小吃篇。

燈籠花

好花紅，好花紅，
好花朵朵像燈籠。
引導行人似路燈，
陽光底下迎東風。

雨不打花花不紅，
來往路人太匆匆。
兒童卻指花枝好，
好花紅似紅燈籠。

黃小鴨

黃小鴨，游基隆，
引人注目迎海風。
全身鵝黃挺胸立，
小嘴可愛紅通通。

黃小鴨，來高雄，
引人注目在港中。
買隻小鴨來品賞，
陪你歡欣入幻夢。

花蓮富源品茗

彩葉扶桑發豔紅，富源茶道滿花東。
天山舞鶴佳麗地，水冽茗甘情意通。

鹽寮觀察

青山大地母，海深子女情。
風起浪如雪，鄉心動歸聲。
鹽寮巉崎石，暗潮洶湧生。
思親如潮汐，心中永不平。

後記：鹽寮在花東海岸線上，是父母埋葬之地，每到清明，上墳祭拜，思親如潮汐。

古風

江南好風日，晝夜勤耕耘。
曾種桃李樹，花開且繽紛。
早年入南畝，青溪遶山城。
國憂去鄉里，隨親渡台瀛。
或效楚狂者，內美兼修能。
荷芰高為冠，杜蘅結蘿藤。
筆硯寫鄉國，詩書自為樂。
虛渡八十春，時移歲易得。

愛此夕陽度，餘暉寄晚晴。
明月生松風，長歌天地青。

U-FO外星人

一、

太空來訪飛行體，
能畫麥田痕跡留。
人類不能作此畫，
飄流不定稱幽浮。

二、

五度空間有宇宙，
太空漫漫滿星球。
友誼探訪無所害，
人稱外星神秘遊。

三、

星空浩瀚誰家親，
無限太空有比鄰。

科技先進贏太極，
飛行閃電外星人。

與諸生在華崗眺望台北

紗帽山前草木昌，
淡水蕩蕩流何方？
人來人往去匆匆，
嵐霧繞繚鎮華崗。

山頭高居雲霧端，
向下眺望觀八方。
屋舍高樓如積木，
兩河水岸似帶長。

諸生研習詩學久，
陶冶性靈視野廣。
今日課外近自然，
景物風華入篇章。

山川秀麗芒花盛，

萬家燈火似天堂。
仰觀天地無限遠，
滄海人間何茫茫。

備註：諸生指欒金樂、王馨、陳彥廷、傅凱聖、吳佩蓉、吳可嘉、葉汝俊、劉文君、王喬稷，因冬陽可愛，是日決定課外教學、在華崗頂上，眺望台北，命諸生觀賞遠景，賦詩一篇，以抒寫情懷。

外雙溪夜色

東吳鄰近外雙溪，
溪水清淺自潺湲。
對岸家居多閑靜，
輕風吹拂竹林閒。

夜色頻臨星光遠，
燈花三兩添斑斕。
有類桃源勝地居，
不見車馬見人煙。

空濛嵐氣罩夜天，

白鷺無聲水邊眠。
星空點綴穹廬靜，
自然恬淡亦人間。

又是欒樹開花時

炎夏過後深秋日，
正是欒樹開花時。
開始花枝青翠色，
陽光暴曬轉褐枝。

猶如青春少年者，
轉眼秋季老態姿。
晴空深藍白雲橫，
高深莫測將何之？

人生變幻如欒花，
深秋凋落不繁華。
莫歎世事是過客，
風吹峰壑似行歌。

2013.10.8

月中行

明月當空照，夜涼水中行。
街樹如藻影，車輛猶巨鯨。
往來仍相識，問候皆蒼生。
月下似虛幻，美景當面迎。
高樓林中立，花園豎前庭。
匆匆如過客，各自來上京。
謀生立錐地，奮進有震驚。
人世雖短暫，照空當月明。

信義捷運線通車日

淡水捷運信義連，
人潮洶湧如慶典。
劍潭如龍盤車站，
信義大安水簾鮮。

一路美食發商機，
民生好奇爭嚐鮮。

如今捷運如蛛網，
首善交通稱冠冕。

給好友徐世澤醫師

詩友邀相聚，新加坡晤面。
無任何需求，為拓展詩卷。
君不見，長河滾滾流入海，
青山連綿如瑣鍊。

詩是生命線，好友常會見。
言談平生事，偶爾聚歡宴。
滄海染青空，時空交錯變。
往來多歲月，今生結因緣。

牽手同遊詩學殿，
繽紛飄落如花霰。
樹下靜坐息片刻，
寧靜飄逸似入禪。

人生復何求，並蒂展詩卷。

一年集一冊，歲暮誠心獻。
友誼山水固，如同墨與硯。
且染桃李色，彩雲永相牽。

讀《香草箋》並序

清嘉慶十三年，臺灣民間詩社，已發起以詠風花雪月爲主的吟社。後日本統治臺灣，民間詩社，依然持續，以風月暗藏民族意識，以掩皇軍耳目。如今讀來，感慨至深。表面是愛情詩，內心卻是思念中原。

甲午戰敗清廷潰，割地賠款讓臺灣。
日本皇軍管制嚴，人民喘息受牽連。
詩人結社吟風月，如今傳誦《香草箋》。
當年借詩掩耳目，民族意識藏其間。
「芙蓉出水本來鮮，自喜新粧愛近前。」
「倚定中門無一語，碧桃花下夕陽天。」
且愛香草寫〈離騷〉，美女靡蕪如屈原。
箇中真意言在外，抗日暗藏素心蓮。

坐高鐵南下往返

友人相期見面遲，車行時速健如飛。
稻田農舍似棋子，街道樓臺侵夕暉。
燈火銀河掛四野，苕華浪海擁翠微。
思念正濃景色異，忽然驚覺抵京畿。

新歲

日月開新歲，乾坤一擲間。
人事有往來，寒暑無定牽。
山川秀色好，桃李迎春前。
清溪垂楊柳，東風拂花妍。
俯仰終宇宙，福壽禧延年。

美在灘江陽朔遊

西南山水美如幻，

似真似假在人間。
小山相依如珠串，
大山矗立似神仙。

能歌善舞劉三姐，
旋蕩灕江荔水灣。
山水深淺多魚蝦，
魚鷹捕捉柴火鮮。

世上竟有饅頭山，
依山傍水灕江邊。
大理古城三塔在，
水車輪轉陽朔前。

好景猶似虛幻世，
小女歌聲動心絃。
有生之年遊灕江，
陽朔山水耀眼鮮。

和朱熹武夷棹歌十首原韻

武夷山石有神靈，千載萬年溪水清。
自古名人參訪勝，踏歌足跡留詩聲。

一曲清流缺畫船，和風竹筏映晴川。
漁歌穿透碧涯綠，樸實翠微帶野煙。

二曲臨溪玉女峰，浮雲白色展姿容。
小姑原住橋樑側，與世隔離數萬重。

三曲釣磯可泊船，往來遊客忘華年。
流金歲月如流水，消失容顏猶自憐。

四曲南風過石巖，崢嶸峰壑相差參。
相邀結伴來遊此，竹篙輕盈插入潭。

五曲茶山嵐氣深，品茗細酌在淵林。
朱熹講座傳閩學，經典猶存萬古心。

六曲蒼崖繞水灣，茗花荻葉過秋關。
雲遊三日徐霞客，從此石門不得閑。

七曲隱求接淺灘，清幽山境向前看。
風煙往事隨流水，世事坎坷入夢寒。

八曲晚亭逶迤開，鐘樓暮鼓水聲洄。
人間何處無佳景，明月一輪天上來。

九曲武夷近自然，閩江寬闊納河川。
要籌且待深秋後，白露銀河掛滿天。

後記：二〇〇三年七月二十六日曾與友人同遊閩北武夷山，得知南宋朱熹（1130-1200）曾在武夷山紫陽書院講學，並著有〈武夷棹歌十首〉，十年後，仍難忘武夷山的九曲溪，因依朱熹棹歌原韻；奉和十首。早年曾讀明徐宏祖（1586-1641），號霞客，二十二歲起，遊歷各地三十餘年，亦曾到過武夷山三日遊，記錄在《徐霞客遊記》中。後本人曾到金門，見過金門有「朱熹講堂」，到過同安，亦有「朱熹講堂」，前人足跡所到，均有詩文紀遊，年代雖久，但詩文仍傳誦後世，如同東漢（25-220）曹丕（178-226）在〈典論論文〉中所云：「文章者，經國之大業，不朽之盛事，年壽有時而盡，榮辱止乎其身，未若文章之無窮。」的確，文章比其人的年壽要長，甚至還可以流傳後世。如同朱熹的棹歌十首，徐霞客遊記，仍爲世人所熟悉，傳頌不已。

附錄：

武夷棹歌十首

朱熹（1130-1200）

武夷山上有仙靈，山下寒流曲曲清。
欲識箇中奇絕處，棹歌閑聽兩三聲。

一曲溪邊上釣船，幔亭峰影蘸晴川。
虹橋一斷無消息，萬壑千岩鎖翠煙。

二曲亭亭玉女峰，插花臨水為誰容？
道人不復陽台夢，興入前山翠幾重。

三曲君看架壑船，不知停棹幾何年？
桑田海水今如許，泡沫風燈敢自憐。

四曲東西兩石岩，岩花垂露碧㲯毿。
金雞叫罷無人見，月滿空山水滿潭。

五曲山高雲氣深，長時煙雨暗平林。

林間有客無人識，欸乃聲中萬古心。

六曲蒼屏繞碧灣，茅茨終日掩柴關。
客來倚棹岩花落，猿鳥不驚春意閑。

七曲移船上碧灘，隱屏仙掌更回看。
人言此處無佳景，只有石堂空翠寒。

八曲風煙勢欲開，鼓樓岩下水縈洄。
莫言此處無佳景，自是游人不上來。

九曲將窮眼豁然，桑麻雨露見平川。
漁郎更覓桃源路，除是人間別有天。

都市邊緣人

只因困頓只為貧，
淪落都市邊緣人。
台灣雖大無處去，
暫躲車站容此身。

萬華公園避紅塵，
流落街頭志難伸。
或拾破爛廢棄物，
換取微薄渡苦辛。

或因殘疾無近親，
騎樓路邊作乞民。
一盆置地討生活，
熱心人士賞錢銀。

賣花穿梭車陣間，
一束玉蘭二十元。
攤販路邊賣飾物，
逃避警察為三餐。

許清雲簡介

住宅戶外公園

許清雲字儷騰，號城前村人，外號數碼精靈，筆名愛文，臺灣省澎湖縣白沙鄉城前村人。1948年生，東吳大學中國文學系博士班畢業，獲得中華民國教育部國家文學博士學位。學術專業爲古典文學理論批評、古典詩歌理論與鑒賞、古籍整理學、電子書設計與製作、圖書文獻數位化研究。曾擔任澎湖縣立白沙國民中學教師、省立澎湖水產高級職業學校國文科教師、私立銘傳大學教授、私立東吳大學教授兼學系主任研究所所長。又曾任中華基督教衛理公會副董事長、衛理神學院董事、基督教論壇報社務委員、中華詩學會常務理事、東吳大學臺北校友會理事、考試院典試委員、國家文官學院講座。目前爲東吳大學中國文學系專任教授、數位內容及技術研究室召集人、楹聯研究室召集人、中華詩學會理事、衛理公會福音園管理委員會主席、安素堂執事會主席。主要著作，專書有：《現存唐人詩格著述初探》、《方虛谷詩及詩學理論》、《皎然詩式輯校新編》、

《皎然詩式研究》、《增廣詩韻集成校訂》、《唐詩三百首新編》、《古典詩韻易檢》、《近體詩創作理論》、《唐人七絕百首選讀》、《台英離形數位輸入法》、《中文字離形數位化系統（常用字編）》、《三種ㄅㄆㄇ數位化系統（常用字編）》、《海雲英文數位化系統（六千英文常用單字編）》、《英文數位化系統及其應用》、《挑戰密碼》，電子書及光碟產品有：《海雲ㄅㄆㄇ數碼輸入法》、《台英離形數位輸入法》、《唐詩選編》、《唐詩三百首寫入系統》、《宋詞三百首寫入系統》、《千家詩寫入系統》、《唐詩詩牌遊戲》、《1000英文單字遊戲》、《萬首唐人絕句檢索系統》、《唐詩三百首檢索系統》、《宋詞三百首檢索系統》、《元曲三百首檢索系統》、《文心雕龍全文檢索》、《世說新語全文檢索》、《樂府詩集全文檢索》、《昭明文選電子書》、《紅樓夢電子書》、《三國演義電子書》、《儒林外史電子書》、《西遊記電子書》、《水滸傳電子書》、《文心雕龍電子書》、《史記電子書》、《藝文類聚電子書》、《歷代詩話27種電子書》。此外，主持東吳大學「共通課程教學提升計畫」，架設「文學與藝術教學網站」；主持東吳大學教學卓越計畫——完成「國文能力檢定」線上測驗系統及「除錯蟲」線上遊戲系統。專利有：中文字離形數位化系統及其應用、一種計算機漢字輸入方法、一種計算機英文輸入方法、英文數碼輸入法、發聲陀螺等五項。

2012上海復旦大學學術講座

詩論

新詩

古典詩

漫談杜甫七律的音樂美

許清雲

壹、前言

聲韻是古典詩歌最基本和最表層的藝術形式，由聲律與韻律兩大要素組成。近體詩的創作，特別重視聲韻諧和。杜甫寫詩是相當用心在經營與雕琢上的，尤其是晚年大量創作的七言律詩，[1]可說是唐代七律藝術的泰斗。他曾在詩中夫子自道：「爲人性僻耽佳句，語不驚人死不休。」（〈江上值水如海勢聊短述〉）又說：「陶冶性靈存底物，新詩改罷自長吟。」（〈解悶十二首〉其七）再云：「晚節漸於詩律細，誰家數去酒杯寬。」（遣悶戲呈路十九曹長）。多次提到重視聲律，足證作爲一個偉大的創作詩人，杜甫是十分用心在經營與雕琢的，所以其詩歌技藝很值得推敲探索。但受限於篇幅，有關杜詩篇章結構以及鍊字、鍊句、鍊意方面的經營苦心，暫且不論；本文僅探討其詩歌聲律的平仄調配和少許特殊用詞，韻律的押韻和節奏的變化暫略，且聚焦只在七言律詩部分。

貳、個別聲律的推敲

聲律，對於我國古典詩歌尤其是唐代近體詩，應是一項重要的、不可缺少的、富有生命力的組成部分。運用聲律，主要目的是使詩歌語言具有音樂性，增強詩歌語言的表達張力。《文心雕龍．情采》：「立文之道，其理有三：一曰形文，五色是也；二曰聲文，五音是也；三曰情文，五性是也。」五色，是通過眼睛的美感；五音，是通過耳朵的美感；五性，是通過心靈的美感。劉勰既然將調配五音列爲「立文」的三大原則之一。因此，對文學作品尤其是詩歌而言，我們不但要注意推敲文字的意義，還得注意語詞的聲律，善用語言聲音調配造成的音樂美；不但要讓近體詩具有視覺美感，而且還要讓它具有聽覺美感。

近體詩聲律，主要是指其語音的選擇、組合和調配。簡單地說，就是表現在聲調上的替換遞用。研究唐代語言，學者歸屬於中古音系統，當時官方語言聲調確實有平上去入四聲。而在唐代近體詩的演進過程中，史料呈現出初唐、盛唐之際，已成功將四聲合併爲兩管聲律來使用，[2]這也就是後人所熟知的平仄運用。近體詩的聲律調配元素，雖說只是平仄兩管，但精於詩律的文人可大有發揮空間，杜甫就是特別講究且善於表現的詩人。筆者觀察其七律151首，[3]發現有下列六種方式最能體現出杜詩調聲方面的音樂之美。

一、善用浮聲切響技巧

浮聲切響，原是泛指音韻的纖細低沉和洪亮高亢。換言之，即音韻聲調的輕聲與重聲，這是屬於「抑揚頓挫」之美。我們的祖先，很早就發現了語言與音樂的關係，且指出二者相生的奧妙；「詩言志，歌永言，聲依永，律和聲」，

《尚書．虞典》說的話，已成了漢語詩歌創作與演唱不可移易的規律。其後，三國時人李登根據漢字單音節的特點，纂編《聲類》一書，以宮、商、角、徵、羽分韻，首先以五聲配字音。而梁代沈約進一步用五聲來調配詩的音節，他在《宋書．謝靈運傳論》說：「夫五色相宣，八音協暢，由乎玄黃律呂，各適物宜。欲使宮羽相變，低昂互節；若前有浮聲，則後須切響。一簡之內，音韻盡殊；兩句之中，輕重悉異。妙達此旨，始可言文。」沈約觀察到音樂有低昂之別，語音亦有輕重之異。所以詩歌的創作，一簡之內，要重視音韻變化；兩句之中，要推敲輕重比襯。如此刻意的安排，使語音具有錯綜變化、和諧悅耳之美，文字聲韻便可大大加強詩歌的音樂性。[4]沈約看到字聲與樂音的配合，這對唱腔的創造，的確有無限的啓發，增加了樂音以外的音樂性。爲了使詩文更具音樂之美，於是主張把宮聲和羽聲的字、浮聲和切響的字相互調配，替換遞用。他在這裡所說的「浮聲」，指的應是四聲中的平聲；「切響」，指的則是四聲中的上、去、入三聲，這是詩歌中四聲安排的規律問題，後來就稱之爲「調平仄」。[5]唐人在這個基礎上不斷的研究與實驗，據現存詩學史料顯示，最終由元兢完成定型了近體詩的聲律譜式，[6]使詩歌語言的音樂性具有整齊和諧美、抑揚頓挫美和回環反復美。

將這種格律譜式運用到五言詩、七言詩，就成爲唐代的五言律詩和七言律詩。它的特點是把句子分爲音步，有雙音步和單音步，例如五言律句的「仄仄平平仄」，就是兩個雙音步和一個單音步構成，平仄互相交錯。七言律句，是在五言律句上頭加一個平仄相錯的音步，例如五言律句的「仄仄平平仄」，變成七言律句的「平平仄仄平平仄」。並且規範一聯中上下兩句必須平仄相錯，而聯和聯之間則是平仄相承。足證「浮聲切響」原理對唐代近體詩的定型起了很大的作用。總之，若前有浮聲，則後須切響，平仄相間相對，使詩句在聽覺上有了抑揚頓挫高低起伏的變化之美。能夠熟練地掌握聲律的平仄相錯，必有助於創作出音調和諧、悅耳動聽、富有音樂美的作品來。例如：

杜甫〈奉和賈至舍人早朝大明宮〉[7]：

五(仄)夜(仄)漏(仄)聲(平)催(平)曉(仄)箭(仄)，
九(仄)重(平)春(平)色(仄)醉(仄)仙(平)桃(平)。
旌(平)旗(平)日(仄)暖(仄)龍(平)蛇(平)動(仄)，
宮(平)殿(仄)風(平)微(平)燕(仄)雀(仄)高(平)。
朝(平)罷(仄)香(平)煙(平)攜(平)滿(仄)袖(仄)，
詩(平)成(平)珠(平)玉(仄)在(仄)揮(平)毫(平)。
欲(仄)知(平)世(仄)掌(仄)絲(平)綸(平)美(仄)，
池(平)上(仄)於(平)今(平)有(仄)鳳(仄)毛(平)。

本詩創作的背景是，安史之亂剛剛結束不久，唐肅宗於前一年農曆十月返回長安，百廢待興，朝廷威儀正在恢復。中書舍人賈至早朝後寫了一首七律〈早朝大明宮呈兩省僚友〉，描寫朝中氣象及個人抱負，傳給中書、門下兩省的同事看。所以有人寫詩奉和，流傳至今的除了杜甫這首詩之外，還有王維和岑參的作品。筆者檢查杜甫此詩的平仄調配，首聯兩句爲「仄仄仄平平仄仄，仄平平仄仄平平」，上句五仄，仄聲字稍多，因此下句三仄四平，就多出一個平聲字來互補；頷聯兩句爲「平平仄仄平平仄，平仄平平仄仄平」，上下句都是四平三仄，平仄聲調配尚可；頸聯兩句爲「平仄平平平仄仄，平平平仄仄平平」，上句四平三仄，下句五平二仄，也還算是能互補；尾聯兩句爲「仄平仄仄平平仄，平仄平平仄仄平」，上句三平四仄，下句四平三仄，平仄聲剛好是平衡。這首詩是肅宗乾元元年（758）春所作，杜甫47歲，任左拾遺，爲壯年時期的作品，當時七律才開始流行，杜甫已經能完全掌握住「浮聲切響」原理，因此讀來音韻和諧，聲調流轉。而賈至原作和岑參的和詩，雖也能掌握「浮聲切響」原則，可在調聲上就略遜杜甫；[8]而賈至、王維二人作品還未完全遵守元兢的「換頭」規範。[9]筆者再舉一首作於大曆元年（766），杜甫55歲，屬晚年時期的作品，運用「浮聲切響」的技藝更加純熟。

〈峽中覽物〉：

曾(平)爲(平)掾(仄)吏(仄)趨(平)三(平)輔(仄)，
憶(仄)在(仄)潼(平)關(平)詩(平)興(仄)多(平)。
巫(平)峽(仄)忽(仄)如(平)瞻(平)華(仄)嶽(仄)，
蜀(仄)江(平)猶(平)似(仄)見(仄)黃(平)河(平)。
舟(平)中(平)得(仄)病(仄)移(平)衾(平)枕(仄)，
洞(仄)口(仄)經(平)春(平)長(仄)薜(仄)蘿(平)。
形(平)勝(仄)有(仄)餘(平)風(平)土(仄)惡(仄)，
幾(仄)時(平)回(平)首(仄)一(仄)高(平)歌(平)。

筆者檢查杜甫此詩的平仄調配，有如上文括弧內的標示，除了首聯出句「趨」字和對句「詩」字，同爲「平聲」之外，其他各聯相對位置上的用字，都是平仄相對，完全合乎「一聯中兩句必須平仄相錯」的規範，即此可見杜甫純熟運用「浮聲切響」的技藝。但杜甫的傑出功力並不僅僅如此，還在於他對前人所規範的原則運用得更加靈活，而且又轉化許多新的創意來。畢竟，倘若只是兩句中平仄聲的「相錯」調配，唐代詩人作品的例證，多不勝舉；單講「平仄相錯」仍舊無法顯示出杜甫過人的才氣。請再看上文所引證的兩首七律，筆者試著把中古音的四聲一一標示出來，其實際情況如下：

〈奉和賈至舍人早朝大明宮〉[10]：

五(上)夜(去)漏(去)聲(平)催(平)曉(上)箭(去)，
九(上)重(平)春(平)色(入)醉(去)仙(平)桃(平)。
旌(平)旗(平)日(入)暖(上)龍(平)蛇(平)動(上)，
宮(平)殿(去)風(平)微(平)燕(去)雀(入)高(平)。
朝(平)罷(上)香(平)煙(平)攜(平)滿(上)袖(去)，
詩(平)成(平)珠(平)玉(入)在(去)揮(平)毫(平)。
欲(入)知(平)世(去)掌(上)絲(平)綸(平)美(上)，
池(平)上(上)於(平)今(平)有(上)鳳(去)毛(平)。

〈峽中覽物〉：

曾(平)爲(平)掾(去)吏(去)趨(平)三(平)輔(上)，
憶(入)在(去)潼(平)關(平)詩(平)興(去)多(平)。
巫(平)峽(入)忽(入)如(平)瞻(平)華(去)嶽(入)，
蜀(入)江(平)猶(平)似(上)見(去)黃(平)河(平)。
舟(平)中(平)得(入)病(去)移(平)衾(平)枕(上)，
洞(去)口(上)經(平)春(平)長(上)薜(去)蘿(平)。
形(平)勝(去)有(上)餘(平)風(平)土(上)惡(去)，
幾(上)時(平)回(平)首(上)一(入)高(平)歌(平)。

一首詩中四聲的合理佈局，正如一章樂曲中五音的和諧變化，同樣具有悅耳動聽的音樂效果。仔細觀察這兩首詩的調聲，發現都有相同的特殊現象，就是每一聯都是平、上、去、入四聲俱全，無一例外，可以說杜甫是很能善用「浮聲切響」的技巧。筆者約略統計，杜甫七律類此「四聲俱全」的調聲方式，比率相當高，例證俯拾皆是，毋庸多舉。總之，近體詩的「浮聲切響」原則雖不是杜甫個人的發現，但經元兢規範定調之後，初、盛唐詩人大都已能遵行，而杜甫是確切落實於七律調聲且最能善於運用的詩人。

二、善用雙仄異調技巧

龍榆生〈三仄、兩平、口法的音律差別〉：「運用平、上、去、入四聲作為調整文學語言的準則，使它更富於音樂性，是從沈約、王融、謝朓等人開始的。經過無數作家的辛勤勞動，積累了許多寶貴經驗，建立了『約句准篇，回忌聲病』的所謂近體律詩，也只是為了便於長言永歎，增強詩歌的感染力。如果要把它和音樂曲調取得更嚴密的結合，就不像做近體詩只講平仄的那麼簡單。清初人黃周星在他著的《製曲枝語》中曾經說到：『三仄更須分上去，兩平還要辨陰陽。』原來在唐宋詞中，平聲的陰陽還不夠嚴格，只是上、去、入三聲的安排，不論在句子中間或韻腳上都比律詩要講究得多。」[11]而李重華《貞一齋詩說》：「律詩止論平仄，終身不得入門。既講律調，同一仄聲，須細分上去入。應用上聲者，不得誤用去入，反此亦然。就平聲中，又須審量陰陽清濁；仄聲亦復如是。」[12]龍榆生的說法很能反映出古人寫作律詩調聲的一般現象，但杜甫的七律可不是這樣子的。杜甫的律詩誠如李重華所說的，「既講律調，同一仄聲，須細分上去入」。其多數七律的調平仄，不只是「三仄更須分上去」，甚者「兩仄講究不同聲」。我們再仔細看看上文所引證的那兩首詩，凡是連二仄或連三仄的地方，杜甫儘量都不讓它「同上」、「同去」；而入聲，因爲聲音「短促急收藏」，「同入」則可允許。連二仄，如：曉（上）箭（去）、色（入）醉（去）、日（入）暖（上）、燕（去）雀（入）、滿（上）袖（去）、玉（入）在（去）、世（去）掌（上）、有（上）鳳（去）、憶（入）在（去）、華（去）嶽（入）、似（上）見（去）、得（入）病（去）、洞（去）口（上）、長（上）薜（去）、勝（去）有（上）、土（上）惡（去）、首（上）一（入）；連三仄，只有一處，如：五（上）夜（去）漏（去）。但「五夜」是一個節拍，「漏」字連下「聲」字一個節拍，所以後頭「兩去」的影響性不強。進一步再作說明，〈奉和賈至舍人早朝大明宮〉所有連二仄都沒有使用相同的聲調，而〈峽中覽物〉除第三句「峽、忽」一處「同入」之外，也只有第一句「掾吏」是「同去」的情形。即此可知，杜甫是十分重視聲律的推敲。而且類似斟酌的情形相當普遍，筆者再舉兩首爲例，以見一斑。

〈章梓州橋亭餞成都竇少尹，得涼字〉：

秋(平)日(入)野(上)亭(平)千(平)橘(入)香(平)，

玉(入)盤(平)錦(上)席(入)高(平)雲(平)涼(平)。

主(上)人(平)送(去)客(入)何(平)所(上)作(入)，

行(平)酒(上)賦(去)詩(平)殊(平)未(去)央(平)。

衰(平)老(上)應(平)爲(平)難(平)離(去)別(入)，

賢(平)聲(平)此(上)去(去)有(上)輝(平)光(平)。

預(去)傳(平)籍(入)籍(入)新(平)京(平)尹(上)，

青(平)史(上)無(平)勞(平)數(入)趙(上)張(平)。

〈滕王亭子二首其一〉：

君(平)王(平)臺(平)榭(去)枕(上)巴(平)山(平)，

萬(去)丈(上)丹(平)梯(平)尚(去)可(上)攀(平)。

春(平)日(入)鶯(平)啼(平)修(平)竹(入)裏(上)，

仙(平)家(平)犬(上)吠(去)白(入)雲(平)間(平)。

清(平)江(平)錦(上)石(入)傷(平)心(平)麗(去)，

嫩(去)蕊(上)濃(平)花(平)滿(上)目(入)斑(平)。

人(平)到(去)於(平)今(平)歌(平)出(入)牧(入)，

來(平)遊(平)此(上)地(去)不(入)知(平)還(平)。

仔細觀察這兩首七律，凡是連用二仄的地方，除各有一處「同入」的情形之外，其餘都不用「同上」或「同去」。而連用三仄的地方，前一首第六句「此去有」，是利用「上去上」來相間隔開；後一首第四句「犬吠白」，是運用「上去入」三聲相間，第八句「此地不」，也同樣是運用「上去入」三聲相間。由此觀之，杜甫相當用心於調聲，難怪其七言律詩極富音樂之美。

其實，杜甫這種「善用雙仄異調技巧」，乃是承襲祖父杜審言（645？—708）五律的家學功夫。杜審言〈和晉陵陸丞早春遊望〉：「獨有宦遊人，偏驚物候新。雲霞出海曙，梅柳渡江春。淑氣催黃鳥，晴光轉綠蘋。忽聞歌古調，歸思欲沾巾。」我們查證這首五言律詩，當中連二仄、連三仄，都是不同上、不同去，像「獨有宦」、「出海曙」還都是「入上去」三聲遞用。杜審言這一首和詩大約作於武則天永昌元年（689）前後，當時他在江陰縣任職，與陸是同郡鄰縣的同僚。杜甫的爺爺會寫詩，詩寫得很好，現存28首五律有27首合乎元兢所說的「換頭術」；這首詩調聲技藝尤其高明，很值得肯定。但筆者研究唐人「詩格」著作，知道這種調聲技巧並不是杜審言發現的獨門功夫。日僧空海《文鏡秘府論》西卷收錄「文鏡秘府論》西卷收錄「文二十八種病」，其中第十三是「齟齬病」[13]：

第十三，齟齬病者，一句之內除第一字及第五字，其中三字，有二字相連，同上去入是。若犯上聲，其病重於鶴膝，此例文人以為秘密，莫肯傳授。上官儀云：「犯上聲是斬刑，去入亦絞刑。」如曹子建詩云：「公子敬愛客。」

「敬」與「愛」是，其中三字，其二字相連，同去聲是也。元兢曰：「平聲不成病，上去入是重病，文人悟之者少，故此病無其名。兢案《文賦》云：『或齟齬而不安。』因以此名爲齟齬之病焉。」崔氏是名「不調」。不調者，謂五字內，除第一字、第五字，於三字用上去入聲相次者，平聲非病限，此是巨病。古今才子多不曉。如「晨風驚疊樹，曉月落危峰。」「月」次「落」，同入聲。如「霧生極野碧，日下遠山紅。」「下」次「遠」，同上聲。如「定惑關門吏，終悲塞上翁。」「塞」次「上」，同去聲。

據此，齟齬病所指摘的，「一句之內除第一字及第五字，其中三字，有二字相連，同上去入是。」就是連二仄未注意到調聲的問題。最早指出「齟齬而不安」的是元兢，他說是「重病」，而「文人悟之者少」。稍後的崔融也同意他的說法，認爲這樣一來聲音將會「不調」，「此是巨病」，而「古今才子多不曉」。元兢著有髓腦》一書，崔融著有《唐朝新定詩格》[14]，杜審言活動的年代與其相當，故五律有意迴避此一病犯，應是見到兩人的詩格著作；杜家或許有《詩髓腦》、《唐朝新定詩格》抄寫本流傳下來，而爲杜甫所知悉。盛唐詩人中講究調聲的，也有若干七律迴避這種「齟齬而不安」的聲病，但杜甫七律詩歌是大量避開「齟齬病」。

三、善用雙聲疊韻技藝

兩字同一子音者，謂之雙聲，如：黃槐、綠柳、佳菊等；兩字同一母音者，謂之疊韻，如：彷徨、放曠、逍遙等。雙聲字，給人纏綿連續之感；疊韻詞，具有婉轉回環之美。

雙聲、疊韻詞彙用於詩歌，早在《詩經》作品中便已有了。據考，《詩經》中共運用七十四個雙聲疊韻聯綿詞，其中雙聲詞二十六個，疊韻詞四十一個，雙聲疊韻詞七個。[15] 但有意的運用應是始於六朝的詩人[16]，而且六朝時期文士還好談雙聲疊韻理論，如劉善經《四聲指歸》載，「傍紐者，即雙聲是也。沈氏（約）所謂風表、月外、奇琴、精酒是也。劉滔亦云：『疊韻之有窈窕，雙聲有參差，並興於風詩矣。』王玄謨問莊：『何者爲雙聲，何者爲疊韻？』答云：『懸瓠爲雙聲，碻磝爲疊韻。』時人稱其辨捷。」[17]沈約、劉滔、劉善經都是南朝的文士。他如《南史・謝莊傳》、《南史・羊元保傳》、《北史・魏收傳》、《洛陽伽藍記》等書也都載有時人談論雙聲疊韻事，而彼時傑出文論家劉勰也曾討論雙聲疊韻的運用，其《文心雕龍・聲律》曰：「凡聲有飛沉，響有雙疊。雙聲隔字而每舛，疊韻雜句而必睽；沉則響發而斷，飛則聲颺不還，并轆轤交往，逆鱗相比，迕其際會，則往蹇來連，其爲疾病，亦文家之吃也。」劉勰這一說法給唐初詩論家元兢莫大啓示，故《詩髓腦》論八病有言，「傍紐者，一韻之內，有隔字雙聲也。」「又若不隔字而是雙聲，非病也。」[18]元兢的主張在當時是有一定的影響[19]，唐人多沿用之，而杜甫則是古典詩人中用得最多和最精的[20]，清朝乾嘉年間，周春所作的《杜詩雙聲疊韻譜括略》，就是在說明這個現象。例如：「數回細寫愁仍破，萬顆勻圓訝許同。」（〈野人送朱櫻〉）細寫、勻圓，都是雙聲；「風塵荏苒音書絕，關塞蕭條行路難。」（〈宿府〉）荏苒，雙聲，蕭條，疊韻；「信宿漁人還泛泛，清秋燕子故飛飛。」（〈秋興〉）信宿、清秋，都是雙聲；「予見亂離不得已，子知出處必須經。」（〈覃山人隱居〉）亂離、出處，都是雙聲；雲大水淼茫炎海接，奇峰硉兀火雲升。」（〈多病執熱，奉懷李尙書之芳〉）淼茫，雙聲，硉兀，疊韻；「細草留連侵坐軟，殘花悵望近人開。」（〈又送辛員外〉）留連，雙聲，悵望，疊韻；「宛馬總肥春苜蓿，將軍只數漢嫖姚。」（〈贈田九判官梁丘〉）苜蓿、嫖姚，都是疊韻；「蒼惶已就長途往，邂逅無端出餞遲。」（〈送鄭十八虔貶台州司戶〉）蒼惶，疊韻，邂逅，雙聲；「穿花蛺蝶深深見，點水蜻蜓款款飛。」（〈曲江〉）蛺蝶、蜻蜓，都是疊韻；「無路從容陪語笑，有時顛倒著衣裳。」（〈至日遣興〉）從容，疊韻，顛倒，雙聲；「多病獨愁常闃寂，故人相見未從容。」（〈暮登四安寺鐘樓寄裴十迪〉）闃寂、從容，都是疊韻；「盤飧市遠無兼味，樽酒家貧只舊醅。」（〈客至〉）盤飧，疊韻，樽酒，雙聲；「已忍伶俜十年事，強移棲息一枝安。」（〈宿府〉）伶俜，疊韻，棲息，雙聲；「春來准擬開懷久，老去親知見面稀。」（〈十二月一日〉）開懷、見面，都是疊韻；「支離東北風塵際，漂泊西南天地間。」（〈詠懷古跡五首其一〉）支離，疊韻，漂泊，雙聲；「悵望千秋一灑淚，蕭條異代不同時。」（〈詠懷古跡五首其二〉）千秋，雙聲，悵望、蕭條，都是疊韻；「一去紫台連朔漠，獨留青塚向黃昏。」（〈詠懷古跡五首其三〉）朔漠，疊韻，黃昏，雙聲；「翠華想像空山裡，玉殿虛無野寺中。」（〈詠懷古跡五首其四〉）想像、虛無，都是疊韻；「不但習池歸酩酊，君看鄭谷去夤緣。」（〈重泛鄭監前湖〉）酩酊，疊韻，夤緣，雙聲。如此例證相當多，不一一羅列，可以參見周春《杜詩雙聲疊韻譜括略》一書。[21]

蓋我國古典詩詞或用以配合歌樂、或用以吟誦，都十分講究形式美與音樂美。雙聲、疊韻運用雖和調聲關係較疏，然而雙聲、疊韻用於詩歌，借助此特殊用詞應有極強的藝術表現力，大有助於增添詩歌的音樂美感。李重華《貞一齋詩話》：「疊韻如兩玉相扣，取其鏗鏘；雙聲如貫珠相聯，取其宛轉。」[22]王國維《人間詞話》說雙聲、疊韻之美聽是，「於詞之蕩漾處多用疊韻，促節處用雙聲，則其鏗鏘可誦，必有過於前人者。」[23]因此，將雙聲和疊韻詞加以適當的搭配，自然會加強詩歌語言的形式美與音樂美。尤其是在雙聲、疊韻對仗使用時，這種效果更加的明顯。從上文「雙聲疊韻」的諸多例子中，不管是複合字或是聯綿字，我們都可以體會到「重疊回環」的音節之美。七言律詩相當講究音樂性，杜甫七律在「雙聲、疊韻」的使用上就很能呈現出如此精妙的造詣。

四、善用重字疊音技藝

疊音又稱疊字、重言，就是兩個形、音、義完全相同的字相連使用，藉以增強表達聲律效果。因爲疊音是聲母、韻母及聲調都相同的兩個字連用，兼具雙聲疊韻的纏綿連續和婉轉回環之美，而且又可以在上下句的對仗中形成兩個節拍的平仄完全相對。因此，在詩句中運用重字疊音，可以增強詩歌的藝術表現力，絕對有助於增添律詩的音樂美感，借助此種特殊用詞應值得一提。

重字疊音用於詩歌，溯源也是始於《詩經》，「楊柳依依」、「雨雪霏霏」，傳誦千古，歷代許多詩人都深受其感染。漢魏六朝詩歌中疊音詞大量湧現，而六朝詩歌中，具有描寫性的詞語多採用疊音形式，從而構成了數量繁多的雙音節詞語。[24]但將這一傳統的藝術表現手法運用到出神入化的極致，筆者認爲也是非杜甫而莫屬。杜詩中例子相當多，本文僅討論其七律調聲與用詞技藝，故只舉七言律詩爲例。

1. 春山無伴獨相求，伐木丁丁山更幽。（〈題張氏隱居二首其一〉）
2. 自是秦樓壓鄭谷，時聞雜佩聲珊珊。（〈鄭駙馬宅宴洞中〉）

3. 宮草微微承委佩，爐煙細細駐遊絲。（〈宣政殿退朝晚出左掖〉）

4. 掖垣竹埤梧十尋，洞門對霤常陰陰。（〈題省中壁〉）

5. 朝回日日典春衣，每日江頭盡醉歸。（〈曲江二首〉其二）

6. 穿花蛺蝶深深見，點水蜻蜓款款飛。（〈曲江二首〉其二）

7. 聞君話我爲官在，頭白昏昏只醉眠。（〈因許八奉寄江甯旻上人〉）

8. 何人卻憶窮愁日，日日愁隨一線長。（〈至日遣興二首〉其一）

9. 丞相祠堂何處尋，錦官城外柏森森。（〈蜀相〉）

10. 風含翠篠娟娟淨，雨裛紅蕖冉冉香。（〈狂夫〉）

11. 清江一曲抱村流，長夏江村事事幽。（〈江村〉）

12. 江邊一樹垂垂發，朝夕催人自白頭。（〈和裴迪登蜀州東亭送客逢早梅相憶見寄〉）

13. 舍南舍北皆春水，但見群鷗日日來。（〈客至〉）

14. 金華山北涪水西，仲冬風日始淒淒。（〈野望〉）

15. 小院回廊春寂寂，浴鳧飛鷺晚悠悠。（〈涪城縣香積寺官閣〉）

16. 雙峰寂寂對春台，萬竹青青照客杯。（〈又送〉）

17. 青青竹筍迎船出，白白江魚入饌來。（〈送王十五

判官扶侍還黔中得開字〉）

18. 世亂鬱鬱久爲客，路難悠悠常傍人。（〈九日）

19. 短短桃花臨水岸，輕輕柳絮點人衣。（〈十二月一日三首其三〉）

20. 山木蒼蒼落日曛，竹竿嫋嫋細泉分。（〈示獠奴阿段〉）

21. 回首扶桑銅柱標，冥冥氛祲未全銷。（〈諸將五首〉其四）

22. 寒衣處處催刀尺，白帝城高急暮砧。（〈秋興八首〉其一）

23. 千家山郭靜朝暉，日日江樓坐翠微。（〈秋興八首〉其三）

24. 信宿漁人還泛泛，清秋燕子故飛飛。（〈秋興八首〉其三）

25. 江草日日喚愁生，巫峽泠泠非世情。（〈愁〉）

26. 二月饒睡昏昏然，不獨夜短晝分眠。（〈晝夢〉）

27. 暮春三月巫峽長，皛皛行雲浮日光。（〈即事〉）

28. 春雨暗暗塞峽中，早晚來自楚王宮。（〈江雨有懷鄭典設〉）

29. 江天漠漠鳥雙去，風雨時時龍一吟。（〈灩澦〉）

30. 卻繞井闌添個個，偶經花蕊弄輝輝。（〈見螢火〉）

31. 雲石熒熒高葉曙，風江颯颯亂帆秋。（〈簡吳郎司

法〉）

32. 無邊落木蕭蕭下，不盡長江滾滾來。（〈登高〉）
33. 天畔群山孤草亭，江中風浪雨冥冥。（〈即事〉）
34. 年年至日長爲客，忽忽窮愁泥殺人。（〈冬至〉）
35. 碧窗宿霧濛濛濕，朱栱浮雲細細輕。（〈江陵節度、陽城郡王新樓成，王請嚴侍御判官賦七字句，同作〉）
36. 客子入門月皎皎，誰家擣練風淒淒。（〈暮歸〉）
37. 娟娟戲蝶過閑幔，片片輕鷗下急湍。（〈小寒食舟中作〉）
38. 可憐處處巢君室，何異飄飄托此身。（〈燕子來舟中作〉）

杜甫七律151首中有38處出現重字疊音情形，比率不算少數。其中疊音對仗聯就有20處，尤其精妙；或用於句首，或用於句腹，或用於句尾，都能配合音節變化而調整，我們不但體會到「兩音重疊」給人以和諧的、回環的音律美感，也體悟到詩人精心設計的不同的感情色彩。如上引：「短短桃花臨水岸，輕輕柳絮點人衣。」桃花短短，映照春水，柳絮輕輕，隨人依依。這個「短短」和「輕輕」只有老杜想得出來，它既強化了音樂性，更寫出了桃花與柳絮不同植物的性狀特徵，且暗示了詩人此時輕鬆愉悅的閒適心情。再如：「娟娟戲蝶過閑幔，片片輕鷗下急湍。」在杜詩中有「花片片」（〈城上〉）、「雲片片」（〈寄彭州高三十五使君適〉）、「片片晚旗」（〈陪鄭公秋晚北池臨眺〉），但都不如這裡的「片片輕鷗」，來得新奇有味。正當清明時節，雲白山青，水急人閑，自在的戲蝶飛過靜雅的帷幔，似娟娟起舞；專注的海鷗在急流中覓食，如片片飄浮。這「片片」正是遠觀的形狀，同時也給人急速的聯想，很有音律美感。[25]又如：「風含翠篠娟娟淨，雨裛紅蕖冉冉香」、「穿花蛺蝶深深見，點水蜻蜓款款飛。」二聯的「娟娟，冉冉」、「深深，款款」，也都能體物入微，寫出生物的特性，呈現了作者快樂神情，更強化了詩歌音律美感。他如：「客子入門月皎皎，誰家搗練風淒淒」（〈暮歸〉）、「年年至日長爲客，忽忽窮愁泥殺人」（〈冬至〉）、「江草日日喚愁生，巫峽泠泠非世情」（〈愁〉）、「世亂鬱鬱久爲客，路難悠悠常傍人」（〈九日〉）、「雙峰寂寂對春台，萬竹青青照客杯」（〈又送〉）等，則是借「重字疊音」來投訴其窮愁悲情，而悲悽傷痛益發顯示出來了。

五、善用入聲複疊技藝

漢語字音的聲調，中古音有平上去入四聲，實際感受就是聽覺上的揚和抑的不同。關於四聲的區別《康熙字典》的「分四聲法」載有明釋眞空的〈玉鑰匙歌訣〉：「平聲平道莫低昂，上聲高呼猛烈強，去聲分明哀遠道，入聲短促急收藏。」據此可知，聲調上確實是有揚和抑的不同。而聲韻學專家清人江永也說：「平聲長空，如擊鐘鼓；上去入短實，如擊土木石。」所以平仄相間，能使詩句在聽覺上有抑揚頓挫高低起伏的變化之美。而入聲字，因爲是「短促急收藏」，更加給人壓抑憤懣之感，在詩中有特別的表達效果，如上文所引詩句，其中：

15. 小院回廊春寂寂，浴鳧飛鷺晚悠悠。（〈涪城縣香積寺官閣〉）
16. 雙峰寂寂對春台，萬竹青青照客杯。（〈又送〉）
17. 青青竹筍迎船出，白白江魚入饌來。（〈送王十五判官扶侍還黔中得開字〉）
18. 世亂鬱鬱久爲客，路難悠悠常傍人。（〈九日〉）
25. 江草日日喚愁生，巫峽泠泠非世情。（〈愁〉）
29. 江天漠漠鳥雙去，風雨時時龍一吟。（〈灩澦〉）
31. 雲石熒熒高葉曙，風江颯颯亂帆秋。（〈簡吳郎司法〉）
34. 年年至日長爲客，忽忽窮愁泥殺人。（〈冬至〉）

因爲辨析音韻的舒促，由於疊音的兩個字聲調相同，在對仗中會造成一種平者更平，仄者更仄的聽覺效果，所以搭配入聲疊音的運用尤具特效。[26]「悠悠」、「青青」、「泠泠」、「時時」、「熒熒」、「年年」，都是比較徐緩的舒聲；「寂寂」、「白白」、「鬱鬱」、「日日」、「漠漠」、「颯颯」、「忽忽」，皆是比較急迫的促聲。單字的舒促相對使語音的差別已經很明顯，加上疊音的舒促相對，差別就更加拉大。比如〈九日〉：「世亂鬱鬱久爲客，路難悠悠常傍人。」這一聯「悠」字，聽覺上本來比較悠長；吟誦「悠悠」則更加悠長，甚至可以無限拉長，讓人聯想到老杜漂泊路途的漫長，時間的久遠。而「鬱」字，本來就很短促，聲音不能延長；「鬱鬱」複疊，兩個促聲，後一個顯得更短更弱，也更加壓抑，讓人聯想到杜甫愁腸糾結，欲哭無淚之狀。再看〈愁〉：「江草日日喚愁生，巫峽泠泠非世情。」這一聯「泠」字，聽起來感覺上已經是寒涼；「泠泠」連用則更加寒冷，甚至可以無限拉長，讓人聯想到不只是巫峽水冷，更爲世情炎涼之寒。而「日」字，營生不易，白日多愁，無法寬心；「日日」複疊，兩個促聲，後一個顯得更短更弱，也更爲壓抑，讓人聯想到詩人窮愁潦倒，悵恨綿綿了。〈冬至〉：「年年至日長爲客，忽忽窮愁泥殺人。」這一聯「年」字，聽起來已經是感傷不已；長吟「年年」則更加哀傷，甚至可以無限拉長，讓人聯想到經常作客的無奈。而「忽」字，本來就急速，無法逃避；「忽忽」複疊，兩個促聲，後一個顯得更短更弱，也更是壓抑，讓人聯想到作者霜鬢白頭，艱難苦恨，窮愁惱人，無計可解。

入聲複疊有兩類情形。以上所論都是「入聲」重字疊音之例，而非重字疊音的「同入」運用，在杜甫七律中例子更多。如：「臘日常年暖尚遙」（〈臘日〉）、「今年臘日凍全消」（〈臘日〉）、「侵陵雪色還萱草」（〈臘日〉）、

「天門日射黃金牓」（〈宣政殿退朝晚出左掖〉）、「雪殘鳷鵲亦多時」（〈宣政殿退朝晚出左掖〉）、「雀啄江頭黃柳花」（〈曲江陪鄭八丈南史飲〉）、「自知白髮非春事」（〈曲江陪鄭八丈南史飲〉）、「車箱入谷無歸路」（〈望嶽〉）、「七月六日苦炎蒸」（〈早秋苦熱〉）、「安得赤腳踏層冰」（〈早秋苦熱〉）、「憶昨逍遙供奉班」（〈至日遣興〉）、「玉几由來天北極」（〈至日遣興〉）、「已知出郭少塵事」（〈卜居〉）、「隔葉黃鸝空好音」（〈蜀相〉）、「清江一曲抱村流」（〈江村〉）、「得食階除鳥雀馴」（〈南鄰〉）、「相對柴門月色新」（〈南鄰〉）、「洛城一別四千里」（〈恨別〉）、「憶弟看雲白日眠」（〈恨別〉）、「幸不折來傷歲暮」（〈和裴迪登蜀州東亭送客逢早梅相憶見寄〉）、「多病獨愁常闃寂」（〈暮登四安寺鐘樓寄裴十迪〉）、「令渠述作與同遊」（〈江上値水如海勢聊短述〉）、「俱飛蛺蝶元相逐」（〈進艇〉）、「九江日落醒何處」（〈所思〉），句中凡下標橫線者，都是運用「同入」的情形。大抵杜詩調聲技藝，「連二仄」儘量不用「同上」、「同去」，而「同入」則是有意的使用。因爲「同上」、「同去」音啞，觸犯元兢所說的「齟齬病」，而「同入」則因爲「入聲短促急收藏」的特性，連用反而能增加壓抑的效果，很適合展現老杜「沈鬱頓挫」風格，所以不但不以爲忌，而且是多多使用，足證老杜的沉思苦吟與推敲琢磨造詣極深。類此「同入」現象的例證仍多，不再一一列舉。

六、善用拗救調聲技藝

七言拗律是杜甫首創，拗體七律是杜詩聲律的奇葩。元代方回《瀛奎律髓拗字類》序中說：「拗字詩在老杜集七言律詩中謂之吳體，老杜七言律詩一百五十九首，而此體凡十九出。不止句中拗一字，往往神出鬼沒。雖拗字甚多，而骨格愈峻峭。」[27]方回對杜詩拗律評價甚高，因此在書中專列「拗字類」一卷來品評。[28]香港學者鄺健行曾綜合趙執信《聲調譜》、翟翬《聲調譜拾遺》、董文渙《聲調四譜》三書所錄，指出杜甫七律拗體共三十四首。[29]大陸學者于年湖《杜詩語言藝術研究》說杜甫的拗體可以有廣義和狹義之分，廣義的拗體七律共有50首，狹義的有38首。杜甫拗體的原因主要包括：一、詞語表達的不可替換；二、對其他增加詩歌音樂美手段的妥協；三、有意 拗，追求奇峭之美。[30]

筆者據方回所說的十九首觀察，發現一篇之中，有拗一句或數句的，也有全篇皆拗的；有拗而救，也有拗而不救的。杜甫如此打破七律平仄規範，是有意改變既定聲律的和諧性，把律詩的某些部分變得奇 窘迫，也是爲了表達內容的實際需要。茲舉二例，以見一斑。

〈白帝城最高樓〉：

城(平)尖(平)徑(去)仄(入)旌(平)旆(去)愁(平)，
獨(入)立(入)縹(上)緲(上)之(平)飛(平)樓(平)。
峽(入)坼(入)雲(平)霾 (平)龍(平)虎(上)臥(去)，
江(平)清(平)日(入)抱(上)黿(平)鼉(平)遊(平)。
扶(平)桑(平)西(平)枝(平)對(去)斷(上)石(入)，
弱(入)水(上)東(平)影(上)隨(平)長(平)流(平)。
杖(上)藜(平)歎(去)世(去)者(上)誰(平)子(上)，
泣(入)血(入)迸(去)空(平)回(平)白(入)頭(平)。

〈白帝城最高樓〉一詩，楊倫《杜詩鏡銓》引邵子湘評：「奇氣奡兀，此種七律，少陵獨步。」[31]筆者觀察此詩八句只有第三句是基本律句，合乎唐詩聲調規範。其餘各句有拗而救者，如尾聯出句拗第五字，對句第五字用平來救它。更多情形則是拗而不救，但在調配上老杜也是有顧及「浮聲切響」原則，如首聯出句四平，對句就用四仄；但連四仄緊接著連三平，節拍字仍是違反聲調相間規則，還是「拗」。頸聯出句四平接三仄，對句上四字兩節拍處皆仄，當然都不合律，但上句三字腳連用三仄，下句三字腳連用三平，因此句子單看是拗，合看又彷彿一拗一救；以不協調對不協調，在雙方的不協調中又顯示出協調來。仔細再推敲，「獨立」、「峽坼」、「泣血」三處「同入」複疊，老杜如此調聲並非顯其能，而是爲了發抒其憤懣、抑鬱、悲愴的心緒。故凡詩中聲調拗折處，都是詩人心情鬱抑不得伸展所致。請君看看，尾聯：「杖藜歎世者誰子，泣血迸空回白頭。」十分有力的出句，杜甫故意打破節拍的常規，改以「二三二」的聱牙音步。長歌當哭，隨著奡兀拗折的聲調、音步，非但音樂性相當強烈，而且我們可以感受到詩人「泣血迸空」的心在劇烈震顫。

〈曉發公安〉：

北(入)城(平)擊(入)柝(入)復(入)欲(入)罷(去)，
東(平)方(平)明(平)星(平)亦(入)不(入)遲(平)。
鄰(平)雞(平)野(上)哭(入)如(平)昨(入)日(入)，
物(入)色(入)生(平)態(去)能(平)幾(上)時(平)。
舟(平)楫(入)眇(上)然(平)自(去)此(上)去(去)，
江(平)湖(平)遠(上)適(入)無(平)前(平)期(平)。
出(入)門(平)轉(上)盼(去)已(上)陳(平)跡(入)，
藥(入)餌(去)扶(平)吾(平)隨(平)所(上)之(平)。

〈曉發公安〉一詩，楊倫《杜詩鏡銓》引邵云：「疏老，亦拗體之佳者。」[32]筆者觀察此詩八句全部違反標準聲調規則，而尾聯出句拗第五字，對句第五字用平來救它，算是拗而有救者。更多情形則是拗而不救，但在調配上老杜也是有顧及「浮聲切響」原則，如首聯出句一平六仄，對句就用五平二仄；但連五仄，連四平，節拍字仍是違反聲調相間規則，還是「拗」。頷聯平仄多數不對立，頸聯平仄雖對立，但上句三字腳連用三仄，下句三字腳連用三平，當然還是不合律。不過句子單看是拗，合看又彷彿一拗一救。仔細再觀察，本詩多用仄聲字，最奇特的是：「擊柝」、「復欲」、「亦不」、「昨日」、「物色」，五組「同入」複疊的運用，尤其首句連續四個入聲字，正是爲了宣洩其激憤和悲慨，表達詩人轉徙江湖、無處巢身的懊惱。老杜如此調聲是爲了發抒其憤懣、抑鬱、悲愴心緒，所以每一個仄聲字都是擲地有聲，聲震千古。至於「無前期」三字，雖說是「三平」連用，然而拉長吟哦，則詩人命途多舛、前程渺茫、無可奈何的心緒，吾人「若感若悟，眞堪泣下」[33]。故凡詩中平聲連用、仄聲連用、入聲疊用，或力孱氣弱，或悲悽憤激，皆詩人心情鬱抑不得伸展所致，我們一定可以感受到那一股悲涼之氣襲上心頭。

參、綜合聲律的琢磨

律詩調聲，個別技藝的運用固然重要，而一首詩的音樂美感，仍然要看成篇後整體的聲律結構。全篇聲律結構，唐人雖已有定型規範，爲何還要著墨討論？眾所周知，唐代近體詩一般是論平仄，只要平仄安排妥善，聲律自然和諧。但杜甫律詩除管平仄，還講究四聲、雙聲疊韻等等上文所說的各種技巧。這些技巧也不是隨隨便便安置上就是完美，其能發揮音樂性之美感，仍需用心的推敲琢磨。

詩歌的音樂性既要合規中節，又要變化萬千，老杜七律全篇調聲技藝，就是如孫悟空般能千變萬化。限於篇幅，筆者僅能點到爲止。竺家寧〈從語言風格學看杜甫的秋興八首〉[34]分析第一首的音韻說：

1.首兩句「玉露凋傷楓樹林，巫山巫峽氣蕭森」，大量使用帶【u】音的字，句末又都用【－m】韻收尾。形成明顯的合回音效。（只「傷、山、氣」三字無合脣成分）

2.次兩句「江間波浪兼天湧，塞上風雲接地陰」，首二音節爲【k－】聲母之雙聲詞。兩句之第三字都以【p－】聲母字相對應，第六字皆以如頭音字相對應。兩句皆以洪音開頭，而以一連串之細音字收尾。

3.「叢菊兩開他日淚，孤舟一繫故園心」，兩句皆首尾帶【u】音，中間幾個音節屬開口。又「菊／孤／故」三字發音近似，上下相呼應。

4.「寒衣處處催刀尺，白帝城高急暮砧」，「處處」和「尺」皆雙聲，「高、急」也雙聲。

竺教授是現當代著名聲韻學家，他從音韻學去分析杜甫〈秋興〉的音樂美感，相當具說服力。筆者同樣舉這首詩，而單從調聲角度來分析其整體聲律的綜合琢磨。

（〈秋興八首〉其一）：

玉(入沃)露(去遇)凋(平陽)傷(平陽)楓(平東)樹(去遇)林(平侵)，

巫(平虞)山(平刪)巫(平虞)峽(入洽)氣(去未)蕭(平蕭)森(平侵)。

江(平江)間(平刪)波(平歌)浪(去漾)兼(平鹽)天(平先)湧(上腫)，

塞(去隊)上(上養)風(平東)雲(平文)接(入葉)地(去寘)陰(平侵)。

叢(平東)菊(入屋)兩(上養)開(平灰)他(平歌)日(入質)淚(去寘)，

孤(平虞)舟(平尤)一(入質)繫(去霽)故(去遇)園(平元)心(平侵)。

寒(平寒)衣(平微)處(上語)處(上語)催(平灰)刀(平豪)尺(入陌)，

白(入陌)帝(去霽)城(平庚)高(平豪)急(入緝)暮(去遇)砧(平侵)。

這首七律的黏對和平仄安排完全合乎唐詩聲調規範，因此音韻和諧悅耳，而老杜在這基礎上又再加工建造更爲完美的音樂殿堂。簡單分析：「凋傷」是疊韻詞，「江間」是雙聲詞，具有回環纏綿之美；「高」與「急」雖非同一音步，但以雙聲關係來頂接，也能有如貫珠般相聯。如此之妙，兩三處即可，亦不宜再多。「處處」重字疊音，兼具雙聲疊韻的纏綿連續和婉轉回環之美。而「玉（入）露（去）」、「峽（入）氣（去）」、「塞（去）上（上）」、「接（入）地（去）」、「菊（入）兩（上）」、「日（入）淚（去）」、「白（入）帝（去）」、「急（入）暮（去）」，凡連二仄都是不同聲調。「一（入）繫（去）故（去）」，連三仄，也不全同聲調；「繫」、「故」雖同是去聲，但於句中分屬不同節拍，「故園」連讀，因而「同去」的影響不大。全詩奇數句最後一個字，依序是平、上、去、入，如此細心琢磨安置，難怪通篇音韻鏗鏘，有悅耳的音樂美感。再看〈登高〉：

風(平東)急(入緝)天(平先)高(平豪)猿(平元)嘯(去嘯)哀(平灰)，

渚(上語)清(平庚)沙(平麻)白(入陌)鳥(上篠)飛(平微)迴(平灰)。

無(平虞)邊(平先)落(入藥)木(入屋)蕭(平蕭)蕭(平蕭)下(去禡)，

不(入物)盡(上軫)長(平陽)江(平江)滾(上阮)滾(上阮)來（平灰)。

萬(去願)里(上紙)悲(平支)秋(平尤)常(平陽)作(入藥)客(入陌)，

百(入陌)年(平先)多(平歌)病(去敬)獨(入屋)登(平

蒸)臺(平灰)。

艱(平刪)難(平寒)苦(上麌)恨(去願)繁(平元)霜(平陽)鬢(去震),

潦(上皓)倒(上皓)新(平眞)停(平青)濁(入覺)酒(上有)杯(平灰)。

這首七律的黏對和平仄安排也是完全合乎唐詩聲調規範,因此音韻自然和諧。老杜在這般既有基礎上,又是如何來加工構築音樂美感?簡單分析:「長江」、「艱難」、「潦倒」三個詞彙都是疊韻詞,具有回環之美。「獨登」、「苦恨」都是雙聲詞,具有纏綿之美。又是疊韻,又是雙聲,但如此之妙,似亦不宜多。「蕭蕭」、「滾滾」重字疊音對仗,「蕭」音尖小,「蕭蕭」疊音尖小而又細長,似乎可以聽到(並看到)深秋裡漫天的落葉聲」;「滾」,動作,讀音深沉洪亮,「滾滾」,連續不斷,似乎可以看到(並聽到)大江轟隆而來,日夜不停,也讓人聯想到人生短暫、宇宙永恆。非「蕭蕭」、「滾滾」對仗無以模其音,莫能狀其形,也無可抒其情。[35]纏綿連續和婉轉回環兼具,但如此之妙,一聯即可,不宜再多。「白(入)鳥(上)」、「不(入)盡(上)」、「萬(去)里(上)」、「病(去)獨(入)」、「苦(上)恨(去)」、「濁(入)酒(上)」,凡六組連二仄都是不同聲調。「落(入)木(入)」、「作(入)客(入)」二組則是運用急促的「同入」聲調。全詩奇數句最後一個字，依序是平、去、入、去。由於這樣嚴密的佈局，可以體會杜甫精心的安置，難怪通篇音韻鏗鏘，有極致的音樂美感。

肆、結論

杜詩七律的音樂之美，包括整齊美、抑揚美、回環美。老杜七律調聲技藝相當多元，或浮聲切響，或雙仄異調，或雙聲疊韻，或重字疊音，或入聲複疊，或拗救調聲，皆頗具成效，能達成其理想目標。再觀察詩篇整體聲律結構，運作靈活，手法老練，搭配上各適其宜，力求能盡善盡美，所以有極佳的音樂美感。綜上所論，足證作爲一個偉大的創作詩人，杜甫是十分用心在經營其詩歌的聲律，完全符合其「晚節漸於詩律細」的創作精神。

注釋

1 杜甫在旅食長安時期以及之前，律詩創作以五律爲主，七律作品不多；寓居四川成都草堂及夔州兩個時期，五律雖仍然寫作不斷，但七律的作品則大量湧現。

2 此等詩學史料，詳見初唐元兢《詩髓腦》「調聲三術」，與盛唐王昌齡《詩格》，以上資料在日僧空海：《文鏡秘府論・天卷》（臺北市：貫雅文化事業有限公司，1991年）以及張伯偉：《全唐五代詩格校考》（西安市：陝西人民教育出版社，1996年7月），書中均有收錄。

3 杜詩七律總數計算，後人仍有歧異，元・方回《瀛奎律髓拗字類》序謂159首（詳見李慶甲：《瀛奎律髓匯評》，上海市：上海古籍出版社，1986年，頁1107）。筆者據清．楊倫：《杜詩鏡銓》（臺北市：天工書局，1994年）統計，七律實爲151首；又論文所引杜詩也以此爲底本，下不復出注。

4 其實，齊梁以前詩人的創作，已有人留意於聲調抑揚之美。明謝榛《四溟詩話》說：「若陳思王『游魚潛綠水，翔鳥薄天飛。始出嚴霜結，今來白露晞』是也。此作平仄妥貼，聲調鏗鏘，誦之不免腔子出焉。」陳思王曹植此詩語音錯綜變化，所以讀之有和諧悅耳之美。但沈約不單觀察到語音與樂音的配合，而且大大地加以提倡，用來調配詩歌的音節，因而影響更爲深遠。

5 四聲如何分爲兩組，沈約和六朝時人都沒有完全徹底解決。元兢《詩髓腦》書中論「調聲三術」，以上去入爲一管，平聲爲一管，應是最能符合於低昂、浮切的二分法，遂逐漸形成了宮羽相變、平仄協調的格律，這就是後人稱之的平與仄。

6 許清雲：〈中國文學史遺漏之唐近體詩興盛因素〉，《東吳中文學報》第11期（臺北市：東吳大學中國文學系，2005年5月），頁65-85。

7 詩中平仄的標示是以《詩韻集成》規範爲準；《詩韻集成》見《古典詩韻易檢》附。許清雲：《古典詩韻易檢》（臺北市：文津出版社印行，1993年10月）。下文凡標示平仄者同此，不復再注。

8 賈至〈早朝大明宮呈兩省僚友〉：「銀燭朝天紫陌長，禁城春色曉蒼蒼。千條弱柳垂青瑣，百囀流鶯繞建章。劍珮聲隨玉墀步，衣冠身惹御爐香。共沐恩波鳳池上，朝朝染翰侍君王。」第一句四平三仄，第二句五平二仄；第五句三平四仄，第六句五平二仄，調聲不夠均勻。岑參〈奉和中書舍人賈至早朝大明宮〉：「雞鳴紫陌曙光寒，鶯囀皇州春色闌。

金闕曉鐘開萬户，玉階仙仗擁千官。花迎劍珮星初落，柳拂旌旗露未乾。獨有鳳皇池上客，陽春一曲和皆難。」第一句四平三仄，第二句五平二仄；第七句二平五仄，第八句四平三仄，調聲不夠精細。（清．楊倫《杜詩鏡銓》，臺北市：天工書局，1994年，頁174-175。）

9 元兢論「調聲三術」云：「換頭者，若兢〈於蓬州野望〉詩云：『飄颻宕渠域，曠望蜀門隈。水共三巴遠，山隨八陣開。橋形疑漢接，石勢似煙回。欲下他鄉淚，猿聲幾處催。』此篇第一句頭兩字平，次句頭兩字去上入；次句頭兩字去上入，次句頭兩字平；次句頭兩字又平，次句頭兩字去上入；次句頭兩字又去上入，次句頭兩字又平。如此輪轉，自初以終篇，名爲雙換頭，是最善也。若不可得如此，即如篇首第二字是平，下句第二字是用去上入；次句第二字又用去上入，次句第二字又用平。如此輪轉終篇，唯換第二字，其第一字與下句第一字用平不妨，此亦名爲換頭，然不及雙換。」《文鏡秘府論》天卷，頁35-65。賈至詩見前注引，王維〈和賈舍人早朝大明宮之作〉：「絳幘雞人報曉籌，尚衣方進翠雲裘。九天閶闔開宮殿，萬國衣冠拜冕旒。日色纔臨仙掌動，香煙欲傍袞龍浮。朝罷須裁五色詔，佩聲歸向鳳池頭。」二人的作品都是尾聯出格。（引詩見《杜詩鏡銓》頁175所附）

10 詩中平上去入四聲的標示是以《詩韻集成》規範爲準。下文凡標示四聲者同此，不復再注。

11 詳見http://longyusheng.org/cixueshijiang/lecture8-1.html

12 丁福保：《清詩話》上，（臺北市：藝文印書館，1977年），頁11，總頁1193。

13 王利器：《文鏡秘府論校注》訂補本（臺北市：貫雅文化事業有限公司，1991年），頁523。

14 元兢《詩髓腦》、崔融《唐朝新定詩格》二書，日僧空海：

《文鏡秘府論·天卷》和張伯偉：《全唐五代詩格校考》均有收錄。

15 參見郭啓熹：《古音與教學》（福建市：福建教育出版社，1986年7月）。

16 詩例詳見周春：《杜詩雙聲疊韻譜括略》一書，收入《杜詩又叢》（京都市：株式會社中文出版社，1977年2月）。

17 詳見《文鏡秘府論》西卷（臺北市：貫雅文化事業有限公司），頁511。

18 同上註，頁510。

19 詳見許清雲〈元兢調聲術與初唐五律聲律之關係〉，《中國詩學會議論文集》》（彰化縣：國立彰化師範大學國文系出版，1998年5月），頁1-45。

20 參考蕭滌非：《杜甫研究》（山東市：齊魯書社，1980年），頁113。

21 同註15。

22 同註11。

23 施議對：《人間詞話譯注》（臺北市：貫雅文化事業有限公司，1991年5月），頁202。

24 詳見王云路：《漢魏六朝詩歌語言論稿》第八節「疊音詞大量涌現」（西安市：陝西人民教育出版社，1997年），頁92。

25 舒志武：〈杜詩疊音對仗的藝術效果〉，《武漢大學學報（人文科學版）》，第03期（2007年）。

26 同上註。

27 李慶甲：《瀛奎律髓匯評》（上海市：上海古籍出版社，1986年），頁1107。

28 詳見許清雲：〈瀛奎律髓拗字類五言律詩解析〉，《銘傳學報》第20期（1983年3月），頁293-306。

29 鄺健行：〈論吳體和拗體的貼合程度〉，《詩賦與律調》

（北京市：中華書局，1994年），頁35。

30 于年湖：《杜詩語言藝術研究》（山東市：齊魯書社，2007年5月），頁68。

31 楊倫：《杜詩鏡銓》卷十二（臺北市：天工書局，1994年10月），頁596。

32 同前註，卷十九，頁948。

33 同前註，卷十九〈曉發公安〉引蔣弱六評語，頁948。

34 竺家寧：〈從語言風格學看杜甫的秋興八首〉，《中國文學的多層面探討國際學術會議》（臺北市：臺灣大學中文系，1996年4月12-14日）。

35 同註24。

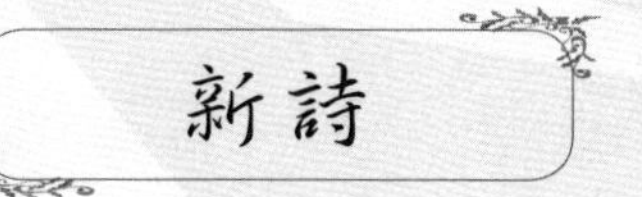

新詩

一葉丹楓

窗外四季早已變化
多日不見的紗帽山
頻頻撥弄彩霞為秀髮
扮演著深情戀人
翠嵐披在肩上
丹楓塗抹臉頰
午後遠眺
誘惑依然
忽地飄進一片紅葉
攪亂了……心事濃濃

夢境

來到這繁華醉人城市
我仍是孤獨的一片雲
飄過荒蕪
飄過璀璨
飄過寂寞
有用與無用
悄悄地遠離
夢裡故鄉
故鄉依稀

問我

昨夜掉落雙溪的夢
似乎已隨波出海
秋風從草山下來
餽贈滿庭黃葉
行吟的旅人啊
禿筆怎生詮釋
殘葉無法題詩
任溪水載浮
欲往何處
毋須問我

豐功偉烈

昨夜掉落雙溪的珍珠
隨波而去已杳無蹤跡
如同源頭曾崩裂的巨石
滾滾而來只剩細砂幾粒
人生自是有情痴
休提起豐功偉烈
得閒且約老友
賞月賞花賞雪

回鄉偶書二帖

（一）

抓一把細沙裝入行囊
再從水中覓個紫貝殼
莫以詭異眼神看我
童年流逝的夢
今日一一拾回
浪花不必笑我
天涯遊子歸來

（二）

那朵朵碧空的白雲
每次當我還鄉時候
盡情的湧動
從北到南
從南到北
舞出一首浪漫的詩
小時候不識你們
認定是逃學的孩童

踏遍了大都會
方知自在的可貴

無題

政治不講道理、
法律不論是非
姦吝效尤
巧言類推
孔仲尼原是酷吏
少正卯究竟何罪
既指鹿為馬
鹿當然想飛
宗經徵聖原道
墨守成規
蝴蝶結兒女經
胡扯一堆
說有理就有理
獨自陶醉

荒謬

千錯萬錯
錯不在我
我不想生下小孩
為何勸我去墮胎
什麼主任啊主任
誰說我來啊我來
既已求仁得仁
何必還怒記恨
荒謬的這世代
多言惹禍活該

線裝書

獨行來到70號的臨溪路
發現一冊被遺棄的線裝書
猶擺動風騷勾引著我
脫落殘破的可愛面目
疼惜你日曬雨淋痛苦
更無懼紛紛擾擾年度
緊緊地摟入懷中
款款地深情相顧
曾經風風光光的善本收藏
為何被人踐踏的如此不堪
亙古不變的子曰子曰
歪歪斜斜的圈圈點點
不學無術的狂徒
原因逐漸逐漸浮現

透視

九月的陽光
不時地透視
透視磊落心胸
若是放懷遠眺
歷歷江山如畫
休休偉業豐功
空談對酒能高歌
臨風兩鬢已先斑
外雙溪水潺潺流過
藍天猶有白雲相伴

獨對紗帽山

在夕陽餘暉下
在重山縹緲間
在雨橫風驟裡
在霧飛雲起時
一切一切
都蘊含大自然的哲理
獨對翠綠的紗帽山
銷去胸中幾許愁煩

傳說

科學家在千年古墓
挖掘出一顆脫落的鑽石
出土時璀璨奪目
那是秦孝公殉葬的寶物
據文獻載錄
曾經是王妃最愛
陪襯著粉白玉手
後宮人人羨慕
不解何原何故
王妃畏懼光芒
變身化為國王祝福
鑽石鑲嵌公主鳳冠
河東十年又河西
鑽石淪落寶庫藏
國王駕崩
重臣商量
摘下這鑽石
鑲嵌在權杖
風風光光
地宮殉葬

古詩改寫十八章——回鄉偶書

正值年少輕狂
離開出生的家鄉
歲月催人老
老大回到故鄉懷抱
山川景貌
依舊不變
變的是鬢毛斑白老翁
在回家途中
中途遇見一群孩童
孩童嬉戲問我
問我來自何處

古詩改寫十八章——芙蓉樓送辛漸

在寒雨連江的夜裡
你我攜手來到吳地
風入酒樓
借酒銷愁
明日清晨送你
楚山空對著我孤寂
他日親友問起
告訴他們毋須掛慮
心志依然瑩潔
像冰在玉壺裡

古詩改寫十八章——閨怨

春意正濃
風在吹花在笑
閨中少婦
化好妝上翠樓
陌頭楊柳忽然對我說
紅顏易老
青春難再
懊惱啊懊惱
不該鼓勵他封侯
留我一個人發愁

古詩改寫十八章——春宮怨

露井邊春風吹來
桃花朵朵已盛開
夜色深沉
更鼓頻催
未央前殿的明月
為何仍高高懸掛
笙歌達旦
載歌載舞
衛子夫今宵新承寵
傳言君王賜下錦袍

古詩改寫十八章——龍標野宴

仲夏的夜晚
沅溪的野宴
涼風徐徐
滿心歡喜
帶著春酒帶著伴
進入竹林進入夢
大家鼓弦歌唱
休道貶官遠放
秀麗的青山
晶瑩的明月
你們想想看看
不曾因我空缺

古詩改寫十八章——送魏二

你我皆醉
江樓餞別
橘柚飄香
拂面寒涼
微風帶來雨絲
吹進小舟船艙
在周遭
在身上
難禁莫名的涼意
明日將在遙遠的瀟湘
與我同看一樣的月光
夜晚的猿聲
割不斷的愁腸
難圓的好夢
哀怨陪伴淒涼

古詩改寫十八章——送孟浩然之廣陵

春意正濃
離情忒濃
老朋友啊告訴我
要航向三月的揚州
在黃鶴樓頭
目送你的孤舟
漸行漸遠
直到隱沒

古詩改寫十八章——下江陵

清晨
告別了白帝
一個在彩雲間的山城
江陵——白帝
白帝——江陵
相距千里
只須一天時間
兩岸風聲
猿猴啼聲
一直盪漾在
谷中空中心中
輕舟飛奔而過
山巒百重千重萬重

古詩改寫十八章——別董大

滾滾的黃塵
吞食了白天
白雲變黃
白日變昏
烈烈的北風
陣陣的塞雁
大雪紛紛
紛紛高飛
董君啊董君
莫擔心前路茫茫
君之盛名無人不識
君之才華無人不知

古詩改寫十八章——月夜

更深夜半
夜半明月
月色照亮屋前
北斗星星橫在夜空
南斗星星漸漸西斜
這時候方才知道
春神已悄悄來到
莎蟲吹奏信息
初透窗紗
合唱那迎春曲

古詩改寫十八章——春怨

夕陽斜照紗窗
又是日落黃昏
獨處華麗的深宮
無人見我滿面淚痕
庭院空曠靜寂
春天即將過去
啊
梨花掉滿一地
無人開門探悉

古詩改寫十八章——西亭春望

春日漫漫
暖風輕輕
吹動柳條兒青青
北雁歸飛
成群結隊
漸飛漸遠漸滅
我仍獨自在岳陽樓上
臨湖眺望
耳際忽傳來吹笛音
不禁觸動旅情歸心

古詩改寫十八章——楓橋夜泊

弦月隱沒夜空
寒鴉受驚低泣
迷濛的飛霜滿天
江畔楓紅
江上漁火
舟中人鄉愁難眠
姑蘇城外的旅人
寒山寺裡的鐘聲
聲聲入耳
陣陣催淚

古詩改寫十八章——明月夜留別

離人無語
明月無聲
情人有意
明月有情
月光伴隨著每個有你的足跡
別後相思就如同多情的月色
想你想你想你
在雲間
在水上
在高城

古詩改寫十八章——送人

江南的蒹葭啊
孤零零佇立水邊
忍受夜霜欺凌
寒冷的月色啊
苦戀戀灑遍山頭
相依相偎共對蒼茫
自古以來
情人總是隔絕千里
關塞路長
連夢中也無法見你

古詩改寫十八章——從軍北征

天山積雪
海風寒冽
行軍北征
長途跋涉
橫笛偏吹行路難
行路果真是困難
笛聲在山谷間迴盪
笛聲在黃沙中飄散
故鄉啊故鄉
月亮啊月亮
三十萬遠征軍
同時回頭顧望

古詩改寫十八章——石頭城

深愛的故鄉
至愛的金陵
青山綠水依舊環繞
江潮多情拍打空城
潮水帶回無盡寂寞
六朝繁華的帝京
徹夜笙歌的都會
歡樂無已的石頭城
只留下今古不變的明月
在這萬籟俱寂的深夜
照在秦淮河上
照著高城短牆

古詩改寫十八章——烏衣巷

日落的朱雀橋畔
野草閒花
只是一片荒涼
黃昏的烏衣巷口
空空蕩蕩
只有一道殘陽
燕子歸來忙碌穿梭
昔時王謝家族華屋高堂
而今已成尋常百姓住房

古典詩

賀馬英九高票當選（脫稿于2008年，今稍修改）

一馬蕭蕭萬馬鳴，千軍強渡大功成。
雲開已見玉山景，霧鎖難封臺海情。
國事如麻毋眼亂，人言似水莫心驚。
大刀闊斧真除弊，公義先行答眾生。

送玄公校長膺任組閣

（脫稿于2008年，今稍修改）

一轉乾坤開國運，三英合力展鴻圖。
股肱兩度入鸞殿，餓餒八年期鳳雛。
溪水有情送公去，山花多麗待誰濡。
宰衡不必勞案牘，社稷安危仰善謨。

春山鶯啼

春山嫵媚滿山櫻，風雅相隨別有情。
一片繽紛人欲醉，斜坡小徑又聞鶯。

癸巳賀歲

户外櫻花頻報春，芳姿滿樹豔驚人。
今朝識得東風面，欲剪一枝娱上賓。

蛇年元正賀歲

小龍一夜舞蹁躚，萬物同欣大有年。
克儉克勤書座右，湖濱新綠草連天。

獨對欒花有懷梅健教授

欒樹花開頻憶君，姑蘇滬上樂相親。
高談闊論依稀在，忍見鬢霜對夕曛。

獨對星沙有懷王堯院長

獨對星沙忽憶君，清宵不寐寫詩文。
人間最是友情重，風雨交心隔岸聞。

讀禮權教授刺客荊軻

綵筆生花刺客書，探驪妙手動清虛。
高才未讓荊軻傳，紙貴洛陽爭羨餘。

贈松雄學長

欣栽桃李三千樹，獨佔春風第一枝。
不向西崑調錦瑟，落霞孤鶩共飛馳。

答贈林主任

居士有心兼有情，愧無餘力助昇平。
請君休說歸來去，身教知行育俊英。

身教

（系上某某好以身教訓人，其實此人最無身教，
大言不慚，眞以爲人不知也。）

身教勉人兼訓人，大言無愧犬狺狺。
溪城多事皆由汝，覆雨翻雲驚鬼神。

士林官邸賞菊

淡雅高標數盆菊，庭前月下吐清香。
淵明獨愛孤芳影，自慣寒門亦傲霜。

東吳綠地觀梅有感

暗香四溢迓寒風，勁節高標氣更雄。
羨爾橫斜迷客夢，詩成難遣自書空。

風雨二首

獨立斜陽風雨多，滄浪漁父唱新歌。
巧言令色偏惑主，傲骨靈均愁奈何。

一夫不敵群魔舞，曾母心疑眾鑠金。
騏驥難逢真伯樂，同舟風雨有知音。

杏壇怪事二首

（系上某某上課月旦人物，講自家家譜與小兒女事，哄騙學子莫誦唐詩。私慾不遂，遷怒記恨，竟有人附和，亦杏壇怪事也。）

好詩不記記家譜，李杜真如兒女輕。
一派胡言能惑眾，秋墳鬼唱路難行。

師道沉淪鬼怪歌，東長西短口懸河。
讕言誑語漫長舌，中社山邊瘋狗多。

感遇效古十二絕句記溪城風雲姦吝得逞

溪聲不可聽，蛩鳴豈能聞。青春不留白，風雨入夢頻。
夢中悲喜幻，夢兆路如梯。更欲凌雲去，陣陣子規啼。
中宵冷露侵，一曲自沈吟。浮煙迷渡口，佳人隔層陰。
田田菡萏葉，出水綻朱葩。泥濁遮俗眼，幸有濂溪誇。
風風復雨雨，流急至友隨。何曾貪富貴，清閒好賦詩。
張子賦西銘，久欽留典型。余逢太平世，有志嘆伶仃。
雙溪孤月明，忽憶太白情。不寐西江夜，長吟羨袁宏。
寂寞雙溪水，日夕嗚咽鳴。斯道已不重，何須多苦情。

夕陽渡西嶺，猶自戀窗紗。紫菊空庭豔，恥隨門芳華。
盛世多雨露，溫柔式萬方。巧言能惑主，歸去歌滄浪。
我有夜明珠，璀璨世間無。良人既不愛，沒入水靈區。
詩心天地闊，邀月話良宵。文教悲污染，焚琴誌清標。

天台行

（記2012中國韻文學國際學術研討會後遊天台山）

仙人不見古剎寂，秋草秋風傷我情。
蕭蕭飛瀑石梁下，溢溢水珠悟死生。
千年松柏護古寺，百歲光陰虛有名。
越王在時幾回望，富貴貧賤同一塵。
山中羅漢雖無影，林下撲鼻芬多精。
況乃偷閒自飽足，師生扶攜緣溪行。
人生在世應如此，短歌無窮日漸傾。

作者簡介

陳永正簡介

作者七十歲照

陳永正，1941年12月生，字止水，號沚齋。原籍廣東茂名。1962年畢業於華南師範大學中文系，任廣州市第三十六中學語文教師。1978年考取中山大學中文系研究生，從容希白（庚）、商錫永（承祚）二先生習古文字。1981年獲文學碩士學位，留校工作。任中山大學中國古文獻研究所研究員、中文系博士生導師。

多年來，從事中國古籍整理和研究工作，重點放在古代詩文的編選、箋注、校點等方面，曾編選過韓愈、李商隱、黃庭堅、秦觀、晏殊、晏幾道、元好問、高啓、黃仲則以及江西詩派等詩詞作家、流派的作品注本、今譯本，其中11種由粵、港、台三家出版社聯合出版並多次印行。此外還從事嶺南地方文獻的整理和研究工作。曾編選過《康有爲詩文選》、《嶺南歷代詩選》、《嶺南歷代詞選》，撰寫《嶺南詩歌研究》，《山谷詩注續補》、《王國維詩詞箋注》。主編《嶺南文學史》、《屈大均詩詞編年箋校》，主持《嶺南文獻九種》整理，點校大型書籍《國朝詩人徵略》兩編，參與《陳澧集》、《粵東詩海》的點校，主持《全粵詩》的整理工作。此外，還從事中國古文字學、書法、方術、道教等方面的研究，撰寫《嶺南書法史》，編定《沚齋叢稿》。教學方面，主要擔任一些碩士生、博士生的課程，有「古代文獻校勘學」、「古典詩歌闡釋學」等。

此外，還從事詩歌和書法的創作，曾任中國書法家協會副主席、廣東省書法家協會主席，廣東中華詩詞學會副會長。出版有新詩集《詩情如水》、舊體詩詞集《沚齋詩詞鈔》等。

作者讀書照

詩論

新詩

古典詩

詩論一則

陳永正

新詩，生命在於「新」，絕對的新。形式、內容、意境都應該是全新的。那些所謂「向民歌學習」、「吸取舊詩精華」的贋品，在淵渟岳峙般的傳統詩歌面前，顯得是何等卑微可笑。新詩應努力探索，走出一條獨特的發展之道，它是屬於青年的，屬於未來的。舊詩，如同古琴、京劇那樣，是一種傳統，一種遺產，衹能原封不動地保持下來。一切形式上的「改革」都衹會損害它。「詩界革命」的失敗，就是一個明證。詩魂，必須繫於國魂。沒有獨立人格，沒有憂患意識，沒有自由思想，舊詩也就不可能保有生命力。新體，更須奇創；舊體，回歸古雅。新詩與舊詩應分道揚鑣而不是合流共濟。

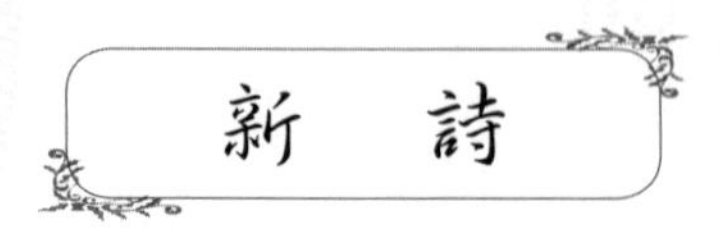

秘方

哎，姑娘，你不要責怪——
相會時迷亂的夢囈。
我翻遍了戀愛的醫書，
祇有這秘方才能療治：

哎，祇要從你的明眸中——
把柔情抽出細細的一線。
再用灼熱的吻做針兒，
把我的雙唇密密縫遍。

獻

我是不能饒恕的，
　為了我的貧窮和愚昧。
我竟敢在風雪的嚴冬
　去叩你幽靜的門扉；
我竟敢在眾人的面前
　脫下我身上的破衣——
持贈給你。
當你用鄙夷的目光
　無情地驅逐我時，
我依然虔敬地在你腳下，
　呈上我菲薄的獻禮，
然後再蹣跚著
　走回艱難的人世。

問

她在我耳邊低問：
什麼是真正的愛情？
愛情？我的心抽搐著：
那煩惱？那失望？那孤零？
那淚花裏的微笑？
那心死前的歌聲？
愛情！我卻激動地嚷：
是火焰！是熱望！是光明！
是良夜間的長吻！
是嚴冬裏的溫馨！
我隨即握起她手兒——
　　啊，寒冷如冰！

希望

我凝望著
　邃遠而暗黑的天庭
祈求我發現的
　那顆璀璨的星星
陪伴我走一段吧
　在人生痛苦的長道上
祇要一點光明
　一點小小的光明。

空間

貼緊些，貼緊些！
讓黑暗的大衣
　把我們裹得緊緊。
讓廣闊的世界
　留下給偉大的人，
我們衹去佔領
　盡可能小的空間。

愛的沙

像一顆沙，一顆有稜角的沙，
滾進我熱望的眼睛，
淚水浸洗著磨難的愛情。

模糊了，面前的一切——
周遭是神秘的幻影，
晃動著飢渴的幽靈。

我看不清楚，扶一扶我！
哪兒是你，我的理性？
啊，嘲笑我？你這虛偽的清醒！

嘲笑吧，夥同瞌睡著的天空，
那偷窺犯罪的星星，
還有無恥的夜之寧靜！

我不怕，什麼都不怕！
淚水會滌淨初戀的柔情，
熱望會鍛鍊青春的生命。

讓出路來——
我憤怒地喊了一聲：
我瞎了，還要踏上愛的征程！

夢

沈滯的疲倦膠住了眼睛，
接二連三的呵欠，招來了
一群群喧鬧不息的蒼蠅。

馳突，打旋；飛開去，跌下來。
過去的日子裂成了碎片，
無情地碰擊空虛的腦袋。

專揀最骯髒的處所安身，
用許多長滿毛刺的爪子，
爬搔你苦悶寂寞的靈魂。

親昵的吻中沾滿了毒液，
混和著城市的垃圾瘡膿，
思想被吸吮得又黏又濕。

寡恩的梭子勾串了希望，
編織著誆騙、痛苦和屈辱，
一個罩緊你生命的羅網。

我悶氣，我掙扎，我叫，我哭。
醒來，我要過真正的生活，
那怕是加倍無聊和殘酷！

噩夢

啊，姑娘，你作噩夢了，
你總挪不開那隻手。
你想喊，你喘不過氣來，
它沈重地壓在你的胸口。

你掙扎，你使盡了勁，
你錯了，那不是你的手，
你忘了，許多沈醉的夜晚，
它的愛撫是那樣溫柔？

燈

暗雨撲滅了我心上的燈。
你披著黑暗來了，
你裹著風雨來了。
你問我借個火，你帶走我的燈。

我愛這沒有火焰的光華。
把火的未來給你，
把灰的過去忘記。
你好好拿著它，你不要點亮它。

我怕它照出痛苦的陰影。
在當時你已錯愛，
為什麼還要等待？
沈默的是友情，衝動的是生命。

但願它不再燒灼我的心。
我已經不能再笑，
我也許還會再笑。
誰聽到我聲音，眼前是黑沈沈——

你眼裏翻起黑色的浪頭。
我聽到你的呼吸，
我聽到海的哭泣。
你向我伸出手，我怎能跟你走？

把燈高高地掛在桅頂吧！
它為你照亮征途，
它為我迸出鬱怒。
拭去你那淚花，我無法再說話。

把理想的帆勇敢地扯起。
光明在海的一涯，
光明在你的胸懷。
你的心正遠飛，你的笑會更美！

暗雨撲滅了我心上的燈。
你說你快要離開，
你說你永不回來。
我問你借個火，你點亮我的燈。

白菊

我站著，裸露的足脛上
緊貼你蒼白的微笑。
風前羞怯地旋繞——
是少女幽寂的芳香？

你簇擁著綠色的悲哀，
睡在破曉的清寒裏。
那時我剛夢見你——
等待著我俯下身來。

朝露在你的心頭悄墮，
你恬靜地仰視著我。
我正輕輕地走過——
帶著你幸福的淚水。

小鹿

你，飢渴的小鹿，
迷失在我荒冷的深谷。
痛苦地死在荊棘叢中
半閉的眼睛還做著好夢。

我用白茅把你包起來，
你不再誤解我的愛。
我背起了你、默然無語
一步一步向清晨走去。

生命的書

我在寫，我不歇地寫，
總之，我要完成這本書。
我的笑在瘋狂地奔跑，
心中充滿了藍色的酸苦。

它一邊痛哭，一邊狂笑，
要在每張紙上灑遍淚水。
闖出條曲折的生命之路，
像紐帶般索緊未來和過去。

它飛越有限的現實之陸，
沒入了無盡的時空之海。
像一顆流星劃下的軌跡，
轉瞬即逝，但又永遠存在。

讓人們在書裏發現他自己，
讓整個世界出自我的心。
我將完結在莊嚴的寂寞中，
沒有愛過，卻有無數情人。

血的閃光

她脱下跋涉的鞋子，
我看見流血的腳踝。
她拔出一根棘刺，
點亮了小小的燈火。

吻痛我不安的眼睛，
是血滴沈默的閃光。
供出我一點柔情，
是閃光隱秘的渴望。

在那兒她會找到我，
一個塗著血的影子。
她也許低頭避過，
一剎那閃光的凝視。

龍

你詛咒著
天空中沒點兒雲霞
飽喝御溝流出的污水
變作青色的小蛇

你饜足了
一剎那間顯得猙獰
懸在神武門前的華表
兩隻不眨的眼睛

終於，你疲倦了
鑽入白堊紀的巖窟
準備化成巨大的一根
欺世盜名的脛骨

啞

扭曲的長蛇

　　爬上污穢的河岸

　　纏向預言者的身上

不信神的凡夫

　　一霎間的痛苦

　　千年的石像

筋肉的抽搐

　　禁錮了的舌頭

　　生和死的真誠的渴望

溺水者的手

　　永難詮釋的字母

　　翻騰的風和浪

發出絕叫的拉奧孔

　　消失了的聲音

　　在人們刺痛的眼睛上

黃菊

那是新秋的渴望？
東籬外怒茁的霜葩。
把悸動的靈魂
　收貯在身上，
你不落的晴霞！

那是銅號的嘹亮？
戰場中悲壯的年華。
把英雄的冷淚
　吹乾在頰上，
你大漠的風沙！

那是金色的歡暢？
風雨裏勝利的喧嘩！
把他日的豪情
　飛濺來心上，
你黃河的浪花！

短歌

臨睡前快塗好香膏
愛情在被窩裏發臭
明天把新婚的板牀
釘一副管用的棺樞

推開了緊閉的產房
發現在搖籃的屍首
明天把換來的嬰孩
偷偷地又拋到屋後

洗臉

早晨我從溫暖的被窩裏鑽出來，
回味著夢中殘酷的作戰——
我殺死了全部敵人
然後心情舒暢地走到鏡子前面。

突然我恐怖地大叫一聲衝出屋門，
跑到賣炒栗子的攤檔邊
捧起把灼熱的沙子
拼命地擦那血跡斑斑猙獰的臉。

午夜

你從背後悄悄地走來
噹！鐘敲響一下
一把按緊了我的兩肩
噹！鐘敲響兩下
開始使勁地搖撼著我
噹！鐘敲響三下
「你是誰？」我發抖地問道
噹！鐘敲響四下
你一聲不吭、喘著冷氣
噹！鐘敲響五下
我的雙手不能舉起來
噹！鐘敲響六下
也無法轉過身去瞧瞧
噹！鐘敲響七下
街上的狗子吠了一聲
噹！鐘敲響八下
遠遠的燈光閃了一閃
噹！鐘敲響九下
我看見房間裡空空的

嗆！鐘敲響十下
衹有我一個人的影子
嗆！鐘敲響十一下
整個世界忽然消滅了
嗆！鐘敲響最後一下

井瓶

懸著悠長的悲哀
渴望著沈重的快樂
空虛的手兒垂下來
可是突然的墜落

一聲錯愕的輕呼
擊碎了澄潔的幻想
盛著我獰惡的頭顱
微顫的水晶盤上

充滿冰涼的懊惱
斜躺在透明的洞窟
在那裏也許會尋到
幾片朽爛的骸骨

夜

聳立著
一道黑色的峭壁
　　閃光的飛瀑
小心地摸索
　　每一個
　　突出的石稜
朝著光明的誘惑
　　蛇和鷹的洞穴
　　痛楚地攀登
突然
　　一塊綠色的巨巖
　　凍僵了的夢
從崖頂
　　　滾
　　　　下
　　　　　來
　　一串沈重的沈重的雷聲
迴響在
　　黝暗的
　　深谷裏

日落

猙獰的海
　　露出
　　一排一排染滿鮮血的牙齒
浪　浪
　　用力褪下了
　　紫色的衣裳
把自己赤裸裸的肉
　　都賣給了
　　初夜的魔鬼
我快渴死
　　我害怕那
　　不斷地翻騰的熾熱的水
沙啞的殘霞
　　像大膽地從我胸膛裏跳出的
　　　　渴望的歌聲
　　渴望的歌聲
　　　　隨
　　　　　風
　　　　而
　　　　　去

煙

一聲絕望的尖叫
　　猛地跳出來
　　　　變得瘋狂
扭著粗壯的腰身
　　緊緊地擁抱
　　　　腐敗的天空
臃腫的頭顱
　　眨著淫蕩的眼睛
　　　　俯視著男人和女人們
巨大而齷齪的臀部
　　沈重地坐到
　　　　每一座樓房的沙發上
　　在赤色的狂熱裏
　　　　她將遺下一堆
　　　　　　慘白的慾火殘骸

泉水

你掙扎，逃出洞窟
在鋒利的石棱上
扯破你的衣裳

一棵樹，擋住了你
跳起來一記耳光
打在它的臉上

流星

一朵　黑色的雛菊
悄然隕落

還是　一滴淚水
疲倦的風

也許是　夢裏
一聲微歎

還是　一聲黑色的
古遠的鐘

寒山

閃爍著獸性的
呼號，但，沒有淚
女人的淚

無聊地俯伏
咬齧著世界
僵硬了的腳趾

剝掉衣飾
顫抖地烤著
一團將滅的火

那是，一陣風
一陣淡青色的
帶尖刺的風

小路

猛地跳起身來
充滿悚懼

一叢小小的荊棘
在足底悄語

對著未來
伸進了它的刺

荒僻的小路上
我丟掉自己的鞋子

太陽

偶然濺出
銀河中　一滴淚水
為了　我的詩
於是　發亮

一千億個氫彈
霎時　爆發
亙古的寒冷
遙遠　我的心

忘掉　你的卑微
光與熱的犧牲
當你　屬於我
比我 偉大
靈魂—— 一條
瘦長的黑暗
拋在背後
面對你　我笑

星空

古遠的
　光輝——沈重
負載著 過去
　太多的影

透明的
　深潭——寧靜
展開著 未來
　失落的笑

尖銳的
　鈴聲——痛苦
顫蕩著 回憶
　刺進心中

黑暗的
　白晝——我們
存在著 太陽
　已經死去

春

你告訴我，你要來了，
帶著快意的創傷。
躲開我急遽的呼吸——
無數腥紅的閃光。

一個凍僵了的微笑，
在我口角上溶化。
照見你慘綠的影子——
迸裂的冰縫底下。

死一樣莊嚴的夜晚，
我已經把你忘記。
勝利者初次的慟哭——
藏進黑色的雲裏。

紫荊

瘋狂的血的大笑
天空和路上的泥濘
聲音被撕成碎片
佈滿筋絡的眼睛

隔著半透明的春天
一塊壓扁了的空氣
病牀上迷亂的噩夢
和它不散的影子

秘密，逐漸地灰白
腐爛在半開的唇邊
然後是長久的昏睡
一張瘦削的臉

低語

一

一顆
乾掉了的淡青色的嗚咽
滴落
在污穢的回憶中
逃出來的
低語 沿著灌木叢
鹿走過的小路
腳底
裂開狹窄的縫隙
透進來 一道
比泥土更沈重的殘月
天空和地上的扭曲的影子
一秒鐘
垮掉

二

我們低語

我們互相低語
我們堆在一起
我們都要向別人說些話
我們是一疊破布
啊　一疊破布
一疊破布
像整個世界一樣
一堆　逃出的
符號
沒有內容　也沒有意義

三

淩晨一點鐘
我們的情欲
在長長的菌絲中
滋生

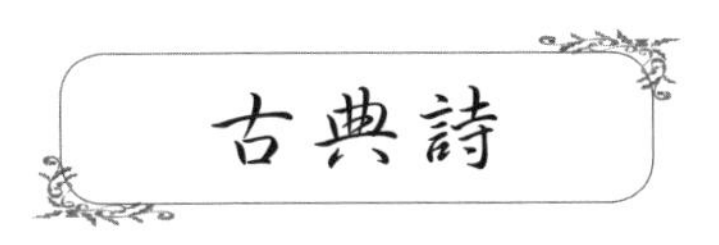

南園

兵氣嚴城滿，南園且一來。流紅秋在水，遲月夜低臺。徑仄欲何往，禽驚還自回。所思眇不見，徙倚生微哀。

侍朱庸齋師暨諸同門荔灣湖上遙奠楊平森丁嫦仙二君

一雨做蕭瑟，最先秋到湖。凋楊如有泣，腐草不重蘇。硯席三年共，艱危百代無。天南忍回睇，何處是君廬。亂事起，楊平森學兄首及於難。

有憶丁未

已拚西園滿路花，無情漸不感韶華。衹憐寥落春寒夜，每憶垂髫坐絳紗。

孤桐

葉大時時落，風高面面吹。無枝胡不死，百尺恐非宜。自許巢丹鳳，何堪到井泥。伐之吾曰可，豈畏世人嗤。

五月十六日感賦和周郎

武陵小住成千劫，爭似天台此夜長。一夢違心紅作雨，相思徹骨土留香。年年壟上懷初日，往往閨中誤曉妝。忍見明星落無數，春灘十里化為霜。

戲題陶淵明集後

讀書不甚解，好讀益其愚。彭澤固可人，耿介令我吁。但畏當世欺，披褐厭厭居。不作天下計，祇解愛吾廬。常欲效夷齊，相將竄海隅。又為魯兩生，易代作貞夫。我思三歎惋，戚戚真腐儒。其讀山海經，嗜之如食魚。胡不為刑天，與帝爭并俱。胡不為夸父，競日神力殊。甲子小事耳，何必著意書。安得三斛灰，一滌腸中迂。

素抱

素抱宜秋夕，天高試一捫。疏星雲際出，微葉靜時喧。燼冷書餘半，巢傾卵幸完。道隨綱紀裂，不復夢中原。

鐘落潭憶梅

十年江國見華枝，過眼如雲總自持。此夜滿潭微月蕩，到無尋處始相思。

別意

別意萋萋欲盡芟，無端草色入城南。每追前事嗟何及，相囑高情念豈堪。書讀未完過夜半，憂排不去誤春三。朝來獨向黃沙渡，會見珠江水色藍。

入暮

行盡白坭路，空懷今古津。天開雲去急，林動雀驚頻。收淚留他日，投艱負此身。遺予非遠大，何事獨傷神。

西樵

夜霧伏山腳，朝來騰作雲。我行山外路，欲訪雲中君。青鳥將安適，微音竟不聞。睠言忽日暮，靈雨正紛紛。

登白雲山晚望

九點煙沈渺上京，頽陽血色墮江城。涕洟趨海吾安往，魑魅窺途骨欲驚。何限幽花委窮壑，肯躋雲路叩神扃。沈淪亦愛人間世，燈火千門最有情。

脫屣

脫屣豈閒事，彈冠多素飧。平生輸骨鯁，小臥變朝昏。一念心難死，無言舌尚捫。不妨行路瘦，海闕近天閽。

颱風夜懷劉峻

橫排千里倦長途，聲到庭除勢已孤。階葉飄春餘一慨，巢鴉隔雨亦相呼。讀書長恐增狂妄，搜句何能免歎吁。醉語近真人恕否，吐時須傍步兵廚。

南歸

南歸猶及度韶年，秋卉無枝雁始還。欲往卻回終小住，將離復聚各難言。鵑啼古塞驚新月，夢墮高原化曉煙。轉憶西湖雙影合，淚珠還似露珠圓。

贈劉子

劉子忍久飢，能令有眾飽。飯牛既不閒，苦讀常至曉。五車雖載去，腹書燒未了。發為新歌詩，深意知者少。所喜二三子，心印相明瞭。暇日敘一快，茗碗每傾倒。所憂顏色損，俯仰不自保，白髮才數莖，中歲竟曰老。誰謂國無人，其人在萊草。海上歸十年，尚戴遼東帽。

鳳凰木

庭前植數樹，有榕有蒲桃。紅棉有加利，鳳凰木最高。無端風動搖，微葉悄而墜。老黃錯新綠，滿地如萍碎。惜我今來晚，不及開花時。亦不踏落花，惟見青青枝。萍下無魚兒，萍上無朱鷺。涼生萍或動，觀者亦無妒。我生本如萍，役役走路衢。沈淪實所冀，況乃魯且愚。朝日照徘徊，不改年年舊。我影落其中，熏風吹不皺。

賈生

天下一時定，是非安足論。少年多亂事，諸老最能言，將去誰為主，毋悲服到門。鬼神知有問，因弔楚纍魂。

貓

一室無寧日，巡幃鼠子嬉。裹鹽迎入户，青眼變因時。九命危難墜，終宵蕩不支。偶然還覆鼎，豈獨亂殘棋。

日暮

日暮鴛鴦不共飛，桃根獨出渡江時。小樓同聽新秋雨，好語先瞞此夜悲。未必有緣休恨短，若教成夢願醒遲。風懷誰道銷難盡，話到初逢掩翠帷。

晚花

寂寞雲根到海涯，縱無人惜也能開。何須搖落悲明日，曉月關山我獨來。

山川

山川草木負前期，危涕江樓忍獨歸。東海每悲狂士蹈，中宵恰值老鼉飢。翻寒脱葉林猶黑，入夢遊魂月亦微。我欲呼天問奇字，摩崖來寫大王碑。

闌檻乙卯

水漫春仍越嶺來，紅闌翠檻自生哀。頻摩倦眼年年跡，可礙南雲夜夜回。波外穠姿長隔霧，心中幽淚不餘灰。空言已悔瀛洲問，莫把微生付酒杯。

戊辰新春奉和傅靜庵先生戊辰

小園叢菊靜娟娟，且放時花著意妍。暖眼新書看日上，隨人清酒賀春先。雲雷廿載仍存我，朋舊今朝愧問年。卻羨詞翁鑄天地，坐收風物到無邊。傅老原玉有「開爐共鑄新天地」語。

讀劉嚴霜遺集泫然書後

香江驚電水雲翻，劫後英辭幸稍存。可悔才華繫哀樂，欲回生死問丘原。畸人避地真長往，醉語刳心總罪言。昔共履霜寒至骨，十年幽憤託詩魂。

河源萬綠湖口占

萬山成一綠，萬綠成一湖。一湖靜萬籟，天地聞噏呼。

偶成戊寅

誰人晞髮向陽阿，滿眼樓臺夕照多。入世漸深詩漸淺，不知滄海有驚波。

五十九歲生日自壽

世上無端出此人，忽驚石火夢中身。五洲群願千年壽，大宇星如萬點塵。修短在天元有意，枯榮於我究何因。明朝恐被黃花笑，甲子書來又一春。

從化石門森林公園賞紅葉

霜紅一抹上青林，又綴層巒萬點金。誰會停車騷客意，炎涼閱盡愛秋深。

夢登天柱峰

一身無所寄，下矚擾塵昏。崩墜猶孤拄，嵯峨敢自尊。雲開遵故道，水盡得真源。亙古幽潛意，中宵孰寤言。

黃坤堯簡介

香港中文大學，2010

黃坤堯，1950年生於澳門，在澳門讀完小學、中學。國立臺灣師範大學國文學系畢業；香港中文大學哲學碩士、哲學博士。香港中文大學中文系教授，現任聯合書院資深書院導師。除教學工作外，主要研究聲韻訓詁、語言學、古典文學、現代文學等。主編《中國語文通訊》、《聯合邁進》。

在學術研究方面，著有《新校索引經典釋文》、《經典釋文動詞異讀新探》、《音義闡微》、《溫庭筠》、《詩歌之審美與結構》、《香港詩詞論稿》等。

在寫作方面，著有《舟人旅歌》、《清懷集》、《書緣》、《翠微回望》、《一方淨土》五種，包括散文、新詩、書評等。詩詞集《清懷詩詞稿》、《沙田集》、《清懷詞稿·和蘇樂府》、《清懷三稿》四種。

編纂《劉伯端滄海樓集》、《番禺劉氏三世詩鈔》、《繡詩樓集》、《香港舊體文學論集》四種。合編《大江東去——蘇軾〈念奴嬌〉正格論集》、《香港名家近體詩選》、《餘事集——中華當代教授詩詞選》等。

多年來致力推廣詩詞寫作活動，除了擔任「全港學界律詩創作比賽」、「全港詩詞創作比賽」評判之外，近年還籌辦「穗港澳大學生詩詞大賽」、「粵港澳臺大學生詩詞大賽」、「中華大學生研究生詩詞大賽」等。

西藏布達拉宮，2006

澳門家居一方淨土，2013

詩論

新詩

古典詩

新詩綜述

黃坤堯

新詩的語言

新詩與舊詩最大的不同，首在語言。現代新詩以白話爲載體，嚴格來說該稱白話詩。任何時代都有新詩，杜甫（712-770）說：「新詩改罷自長吟。」看來「新詩」這個名稱遲早都會給人廢掉。新詩只能泛指新作，不宜用來稱呼一代的文體。

新詩的語言當然要建基於當代的口語，但最終還是要超脫於口語。任何口語都會受方言和語境的支配，有語調有動作，自成體系，適於面對面的溝通，例如小說和戲劇的對話屬之。文語（書面語）則比口語簡潔精煉，即時轉譯，表現嚴格的語法規範。例如普通話絕不等同於北京話，詞匯和句法都有所不同，而普通話當然是包容全國方言的最大語言載體，可以隨時調整和更新。詩語必然是經過藝術加工的新語言，雖然保持口語的形態，實際上卻已產生了一種新的秩序。詩語主要是靠意象和情緒來構成的，不需要有太多的虛詞行氣。詩語當然可以直接用口語或文語，但用多了就會缺少張力和密度。有時詩語不妨加入若干文言的字彙句法，以及適度的方言音節和歐化色彩，豐富新詩的藝術表現。不過最後作者一定要用普通話及方言朗讀多遍，以求通順悅耳，音韻鏗鏘。

詩的語言包括了種種不同的口語、文語或詩語等，不同的環境、不同的需要，自有不同的表現，這要看作者的技巧，運用之妙，存乎一心，很難作硬性規定。例如聞一多（1899-1946）〈洗衣歌〉：「流一身血汗洗別人的汗？／你們肯幹？你們肯幹？」一連三個問句，把社會的不平問得人啞口無言，用口語入詩，自然親切。

新詩用文語最多，文語有好有壞，好的只求通順，談不上表現；壞的恐怕連散文也不如了。戴望舒（1905-1950）〈我底記憶〉：「它是瑣瑣地永遠不肯休止的，／除非我淒淒地哭了／或是沈沈地睡了；／但是我永遠不討厭它，／因爲它是忠實於我的。」詩中幾乎句句都用了關聯詞語，承上啓下，好處是句句清楚，但了無詩味，連散文也顯得十分鬆散。「忠實於我」詞性有誤，有點生造，平時我們只會說「忠於我」。

戴望舒〈我思想〉就不同了，「我思想，故我是蝴蝶……／萬年後小花的輕呼／透過無夢無醒的雲霧，／來振撼我斑爛的彩翼。」句句都用意象表現，寫出人心不死，即使穿透層層的暗霧，萬年以後也會被溫柔的小花喚醒，情溢乎辭，十分精緻。

早期的白話只叫人寫口語，中國口語極多，幾乎各省各縣都有所不同，所以清末以來各地就出現了種種不同的白話報。例如香港的《唯一眞趣有所謂報》，結合粵語及古文寫成「淺說」反映時事。後來胡適（1891-1962）提出「國語的文學，文學的國語」，才使各省的書面語規範於國語的旗幟下，避免不必要的混亂。

早期詩歌亦有用方言者，劉半農（1891-1934）就曾用吳語來試驗。「我說隔壁阿姐你為啥來面皮紅？」／「你阿姐勿曉得紗廠裏格先生嫖面孔！（不要臉）／他撈撈搭搭勿曉得要啥，／我勿睬他來他就起哈哄？（不高興）」此詩專寫兩個上海女工對話，諷刺管工的性騷擾。用方言比較容易喚起工人的共鳴。

廣東詩人黃雨（1916-1991）〈擬兩用圓珠筆廣告〉：「你按左邊／它寫紅字／你按右邊／它寫黑字／　左右隨心／紅黑隨意／憑君使用／靈活無比／　外表美觀／款式入時／國產名牌／遐邇皆知／　歡迎選購／價格便宜／不值一文／只幾毫子／」；這首詩分四段，每段四句，表面寫筆，其實卻是諷刺一些看風轉舵的人，詩末用了粵語，特別抵死。

回顧臺灣詩壇，經過四十年的試驗，前後經歷了幾個階段。先是主張「橫的移植」，猛吸各種外來的主義，表現泛國際化的傾向。其後又主張「縱的繼承」，走入唐詩宋詞中的精神祖國，追尋古趣，表現民族化的反省。稍後七十年代之後特別鍾情於鄉土情懷，因而有本土化的試驗。這些現象可以各走極端，相互矛盾；也可以取長補短，彼此包容。現在，詩壇上各種聲音已經漸趨沈寂了，畢竟詩本身的表現比理論重要。詩壇要百花競放，就不可能是單一品種，單一理論。尤其是臺灣學術界經過幾十年的開放，外國所有新潮的理論譯介殆盡，詩的創作也多方面試驗過了。古今中外，無所不見，自然具備了一種免疫力。現在是重新整合的時期，新詩要專注語言的表現。

近來臺灣新興以臺語創作，以閩南話作主導，客家話及原住民語言僅屬陪襯角色。臺語歌曲日漸流行，而詩壇也流行臺語詩。懂臺語的人自然倍感親切，不懂臺語的自然也可以體會新的音節。其實中國古代的詩詞歌曲也有很多方言成分，香港粵語流行歌曲也是方言創作，方言融入主流文化之中，逐漸壯大。

踏入九十年代以後，臺灣的政治形勢大變，影響所及，連語言也有所變化。過去國語獨尊的局面已經完全被打破了，臺語流行於大街小巷，現在甚至回到學校，回到文藝創作中去。撇開政治因素不說，大家用母語教學和創作自然也是天經地義的事，不必大驚小怪。李瑞騰（1952-）編《八十年詩選》共選了五首臺語詩歌，即林強（1964-）〈向前走〉、黃勁連（黃進蓮，1946-）〈抱著咱的夢〉、林沈默（林承謨，1959-）〈紅田嬰〉、許思〈食水拜溪〉、林宗源（1935-）〈鹹酸甜的世界〉，創作新的音節，同時也反映了新一代的觀念和詩趣。

林強詩得金曲獎最佳歌詞，「阮欲來去臺北打拚／聽人講啥物好空（著數）的攏在那／朋友笑我是愛作瞑夢的憨子

／不管如何路是自己走」；寫農村青年大無畏的要到臺北拚搏，啥物攏不驚（甚麼都不怕），反映了很多人的心聲。紅田嬰就是蜻蜓，「黃昏日頭漸漸畸，／滿天紅甲親像火燒山」，寫出田間的熱鬧，富於鄉土氣息。食水拜溪寫屏東縣東港溪的污染，飲水思源，呼籲阿叔阿伯合力治好溪水的病。鹹酸甜就是蜜餞，指出「唔妥協唔反抗是佪的性地（他們的性情）」，別有會意。

英語入文入詩，中英夾雜，人所共見。日語也有很多漢字漢詞，很多時意義不同，用來寫詩可以創新句法和感覺，不妨一試。

西西（1938-）〈一郎〉寫莎苦拉（櫻花），飄呀飄呀，她踏著木屐奏出的的塔的聲音。「私在傘下」有歧義，可能指我打著傘在花下走過；不過這看來有點可惜，櫻花就是一把傘，我走在櫻花傘下，醞釀一股淒美的氣氛。

次段「御兄弟／映畫館　在／（以以嗳　以以嗳）／御兄弟／風呂場　在／（以以嗳　以以嗳）」，寫一郎兄弟不在電影院，不在浴室。他們在哪裏呢？

第三段寫她走過金蘭寺，櫻花滿天，屐聲的的，但木屋空空蕩蕩，她還是找不到一郎。末段云：「愁愁的　一郎呀／不苦的　甚麼茶／不落的　甚麼花／尋遍天涯／（以苦拉　以苦拉）」世界上有甚麼茶是不苦呢？甚麼花是不落呢？尋遍天涯，多少錢？多少錢？大概錢永遠買不到花季，當然更買不到愛情。日本人往往從璀璨的櫻花中透視出一股落寞悲涼的感覺，同時也參悟了生命的苦澀和短暫。詩中的一郎不易捉摸，可能象徵幻境。

新詩的特質

怎樣才算是一首新詩？有些詩十分淺白，一看就懂；有些發洩情緒，排山倒海；有些很小心控制格律和感情；有些則寫得十分隱晦。不同的審美理想，表面上互相矛盾，其實卻是彼此包容，合力建就多姿多采的詩的世界。下面的一條公式，也許可以說明詩的特質：

詩＝形相＋神韻＋音調

新詩以白話爲語言載體。所謂形相指的是語言的視覺安排，例如建行、誇行、字詞對仗、句式排比、語段迴環、首尾複沓，以至圖象表現等，都可以自由運用，但也要適當的控制，避免過火。

神韻是詩的靈魂，這包括了思維深度、審美觀照、抒情氣質、形象塑造等。神韻由形相和音調組成，但最終還是要擺脫質感，變成鮮明的意象，飛翔的彩蝶。所以神韻最好放在形相和音調之間，首尾兼顧。

音調包括平仄、押韻、節奏、旋律等。新詩不單是寫出來看的，其實更應用來朗讀或朗誦，自然要保證聽覺效果。現代新詩很多都不管平仄和押韻，但也要注意語言的安排，想要達到預期的效果，總應該有些規律和安排的，不會隨意施爲。其實平仄押韻美化音節，不全是古詩的專利。節奏控制抑揚的情緒，旋律表現流動的樂感，一一都可以創新表現。

新詩的形相

新詩的形相與舊詩顯著不同。古典詩詞不用分行，新詩則表現全新的建行藝術。建行長短不拘，每行可以是半句、一句、句半、兩句不等，最好能表現一個完整的意念，一幅自足的畫面。行末可用標點，也可以不用。建行不宜太長，以十字、五頓左右為宜，太長讀來吃力。頓或稱音尺、音步，一般以詞或詞組為計算單位。聞一多的〈死水〉：「這是／一溝／絕望的／死水，清風／吹不起／半點／漪淪。」全詩四段，每段四行，每行都是九字四頓，十分整齊。有人稱之為格律詩，有人稱為豆腐乾詩，褒貶雖異，總備一格。

跨行多用於長短句中，主要用來調節詩行，長短均勻。余光中（1928-）〈貼耳書〉：「除了輕輕，用微啓的唇／向複瓣月季溫潤的耳輪／印上戮記的那一種」，即以兩行半化解一個長句。跨行最好視需要為之，不宜濫用；否則讀來斷斷續續的，也不好受。有時建行也不能太短，顧城（1956-1993）〈等待黎明〉：「最後／舞會散了」「等／你是知道的」，一個詞佔用一行，未必有此需要，只要落一個逗號，合為一行，既表示停頓，也使詩行顯得豐滿。

新詩主要有三種類型：分行詩、分段詩、圖象詩。分行詩又分為自由詩和格律詩兩種。分段詩或稱散文詩，介於詩文之間，現在似乎已經成了獨立的文類。圖象詩則是利用文字構成畫面，花樣百出，給人全新的感覺和思考。

分行詩是新詩的主流。有一氣貫注的古風體，例如余光中〈紅燭〉共十九行，不分段。也有語段迴環的，重複兩段或三段的字句，表現綿綿無盡之感，臧克家（1905-2004）〈三代〉：「孩子 / 在土裏洗澡；/ 爸爸 / 在土裏流汗；/ 爺爺 / 在土裏埋葬。」三組六句的排比語段，不必任何說明，就將中國農民與泥土根深柢固的關係清晰地在畫面上呈現出來。首尾複沓則是在頭尾中都用了相同的字句，比較精煉和上口，引發讀者強烈的情緒，艾青（1910-1996）〈雪落在中國的土地上〉即用「雪落在中國的土地上，寒冷在封鎖著中國呀……」兩句開頭，以後還出現了三次，一波一波的，渲染感情。

新詩以塑造意象爲上，有時難免會超越語法的侷限。但新詩畢竟是用語言作爲原料的，也不能離經叛道，故意難懂。最好是在散文的句法中求新求變，凝聚詩味。

新詩以分行詩爲主，同時還有一種分段詩。分行詩打破傳統「詩」的形式，分段詩甚至揚棄了所有「詩」的外殼，專注於塑造永恒的詩質。分段詩主要繼承了傳統散文晶瑩流動的筆法及剔透玲瓏的詩境，而又吸取了西方散文詩的特點，例如波特萊爾（Charles Baudelaire, 1821-1867）所稱「足以適應靈魂的抒情性的動盪，夢幻的波動和意識的驚跳」。現在我們一般都稱爲散文詩。

散文詩兼有散文和詩的特點。在形式上，以散文的描寫爲主，突破格律的要求，雖然沒有分行和押韻，卻不乏內在的音樂美和節奏感。在本質上，散文詩更著重詩的表現，全心營造詩的情緒和幻想，給讀者美感和想像。散文詩一般表現作者對於社會人生的小感觸，注意描寫客觀生活觸發下思想情感的波動和片斷。題材豐富多姿，形式短小靈活。散文詩的作法跟自由詩沒有分別，當然也要注意旋律的推進，凸顯詩的神思，豐富形象的語言，表現深刻的隱喻和象徵。現代作家中，魯迅（1881-1936）即以《野草》飲譽文壇，成爲散文詩的經典作品；其他沈尹默（1883-1971）、徐志摩（1896-1931）、朱自清（1898-1948）、王統照（1897-1957等也寫出了很多名篇，足供借鑑。

袁水拍（1916-1982）〈香港的渡輪〉寫於1948年，借天星小輪上層和下層不同的風光描繪當時社會貧富階級的兩極分化，頗具歷史氣派。這是一篇散文詩，詩中或用短行，或用長段，徐疾交錯，凝滯不前，充分刻劃出一種不和諧的節奏。

渡輪分上下兩層，／上層兩毫，／下層一毫。／上層有玻璃窗，有油漆長椅，有潔淨的甲板，還有吸煙房。／下層沒有玻璃窗，沒有油漆長椅，沒有潔淨的甲板，也沒有吸煙房。／只有機器間的噪音，水漬的甲板，滿地絆腳的繩索和鐵鍊，還有「小心頭腳」的警告——小心上下船，你的腦袋碰破。／上層和下層永不混和。

頭三行只用短句，第四、五行剛好是相反的兩段，第六行再補足渡輪下層的世界，用了一個長段，第七行指出兩層永不混和。中間一大段全力摹繪兩類不同的人物。而結段則云：

一條船載著兩種人，／分得清楚，不會走錯，永不混和／也許有一天，／上和下顛個倒。／苦力們跑到船頭上，在油漆長椅坐一坐，／那些皮膚保養得白嫩的女人到三等艙裏去過一過別的人類的生活。

詩人就這樣對這個不公平的世界作出了嚴厲的控訴。隨著民智的開張，過去很多錯誤的安排現在都已一一糾正過來。可見我們的詩還是與時並進的。有了詩，這個世界不會讓人絕望。

詩中有畫是一個很古老的訴求，滿足視覺效果。所謂詩中有畫，一是塑造畫境，顧城的〈感覺〉：「天是灰色的／路是灰色的／樓是灰色的／雨是灰色的／在一片死灰之中／走過兩個孩子／一個鮮紅／一個淡綠／」。儘管詩意可以有不同的詮釋，但色彩的對比會令人馬上呈現出畫面，感到喜悅和希望。

一是圖象詩，直接利用文字上的排列組合製造特殊的感官效果，溢出詩義之外。過去古典詩詞中也有很多迴文體、寶塔體、神智體等，類似字謎，多屬遊戲之作。新詩也有很多排版遊戲，黃國彬（1946-）〈沙田之春〉將「漠漠的水光中」六字一線排開，分爲六行，即顯示出浩瀚的水面。詹冰（1921-2004）的〈水牛圖〉首三行「角／黑／角」，「黑」低一格，即成側面的牛眼；中間十五句多用七、八字的短句，構成牛身，前後各有兩句多至十二字，象徵四肢；最後兩句「只／等待等待再等待」剛好就是一條牛尾。又詹冰的〈雨〉只有三句，每句前後兩行都用「雨雨雨雨雨雨……。」夾著，分爲三段，也就表現出大雨滂沱的景色。以上各詩只能直排，橫排也就影響表達效果了。

新詩的神韻

一首詩當然要有主題，有內容，言之有物，反映社會民生。但詩也要超乎內容之上，個人的陰晴可以反映時代的風雲，傳統詩中的男女愛情、香草美人自然也寄興君國，詩的神韻其實也就是詩的靈魂。中國人從小就在漢文漢語的氛圍中長大，很多思考模式、審美觀念、抒情氣質、形象塑造等都受到傳統深刻的影響，雖然面對現代文明和西方思潮的衝擊，但一陣騷動過後，洗淨鉛華，很容易又回復中國人的身分。新詩人沒有永恒的西化，有些人回歸舊詩，有些人回歸鄉土，安身立命，必然是一條曲折的路。詩是文化的上層建築，新詩的神韻必然是中國的，根深柢固，永遠無法西化。

頂多只是調和一番，洋爲中用。

新詩自會反映時代的危機感，呈現憂患意識，將個人與社會民族以至大自然的命運，聯成一體，息息相關。詩教興觀群怨，批判眞僞，淨化感情，尊重理性，自然也是傳統的中國精神。詩人雖有獨特的氣質品性，胸襟學養，但窮達之間，中庸自處，不大會有極端的傾向。顧城遠離鄉土，身心萎縮，養氣不足，自然是無可挽回的悲情了。

絕句是中國古典詩中的極品，精光四射，意蘊深長。其實早期新詩也經歷了一個小詩階段，詩人把握剎那的感受，三言兩語，也就敷演成一首首的極品，例如冰心（1900-1999）、宗白華（1897-1986）等都是當時的小詩名家。小詩可能源自印度泰戈爾（Robíndronath Thakur, 1861-1941）的影響，但神韻則完全是中國的。

冰心《春水》四十七：「人在廊上，書在膝上，拂面的微風裏，知道春來了。」短短四句，不落言詮，就帶來春的溫暖，自是傳統的審美方式。曉風女士的〈花瓣〉云：「伊的花瓣落在你的袖上了。把彼夾在倫理學的根本問題中罷。」此詩只有兩句，而且還是散文句，比不上冰心的凝鍊。但兩句連在一起竟然擦起思想的火花，上句是女子的暗示，落花有意；下句正襟危坐，沒有任何的遐想，倫理學意蘊相關，將小我的情愛擴展至整體的社會思考，頗有〈關雎〉后妃之德的餘韻，使愛情顯出了理性，適度地控制了詩的節奏，反映詩人的思維深度。

顧城〈一代人〉：「黑夜給了我黑色的眼睛，我卻用它尋找光明。」黑夜象徵了十年文革，寫出了這一代人對文明逼切的渴望。形象鮮明，意在言外，蘊含傳統的抒情氣質。

新詩的音調

好詩應該朗朗成誦，百讀不厭。有些詩只是寫給人看的，不利於讀，自毀長城，得不償失。新詩雖然採用語言的自然音節，可以不論平仄，不押韻，全憑情緒控制旋律，產生新穎的吟誦效果。如果想追求流動的音調，其實也還是需要藝術加工的。例如希臘、拉丁詩用長短律，英詩、俄詩、德詩用輕重律。漢語平仄則屬高低律。

漢語平仄除了聲調高低外，國語還有輕聲，粵語入聲則屬短促調，方言之間互有異同。平仄看來是一種束縛，但也能豐富建行效果，懂得利用古典詩歌的平仄可以幫我們錘鍊詩行，使詩句更為動聽。

押韻使詩句悠揚動聽，前呼後應，迴環複沓，形成一個完美的整體，增強詩的節奏感和旋律感，便於朗讀和吟誦。新詩往往吸收英詩的韻式，例如英雄偶句〔兩句一韻，抑揚五步格〕、十四行詩〔莎士比亞式交叉尾韻：4442，abab cdcd efef gg；佩特拉克式連環尾韻：4433，abba abba cde cde〕。不過現代新詩有逐漸揚棄押韻的傾向，大家都寫自由詩，看來再也不肯戴著腳鐐跳舞了。

新詩的節奏有多種表現。胡適〈談新詩〉但求語氣的自然節奏和每句用字的自然和諧，沒有甚麼標準。郭沫若（1892-1978）〈論節奏〉則將詩與情緒相結合。「抒情詩是情緒的直寫。情緒的進行自有它的一種波狀的形式，或者先抑後揚，或者先揚而後抑，或者抑揚相間，這表現出來便成詩的節奏。所以節奏之於詩是它的外形，也是它的生命。」郭沫若詩多以表現自我的亢奮爲主，失之濫情，不懂得節制，未嘗不爲情緒所害。情緒的流動本身是有節奏的，有抑揚、輕重、徐疾之異，以波狀的形態進行，因而構成了詩的內在節奏。詩人主要是調協感情與理性、奔放與約束，一張一弛，也就構成了詩的內在節奏。

旋律原指歌曲說的，在詩中則指每一段的音韻效果。有時反覆回旋，或是首尾複沓，都能醞釀出一唱三歎的音樂感。卞之琳（1910-2000）將新詩的旋律分爲兩種：一首詩以兩字頓收尾佔多的，調子就傾向於說話式，即誦調；一首詩以三字頓佔多者，調子就傾向於歌唱式，相當於吟調。古典詩歌以五、七言句法爲主，連民歌也多屬五、七言系統，音樂感很濃。新詩當善用這兩種調子，創新旋律。

郭沫若詩雄健奔放、情緒激昂，充分表現出個性的發揚、詩體的解放。在新詩史上，摧枯拉朽，功不可沒。但郭詩純以情緒構成詩的內在節奏，沒有任何節制，濫情濫感，流於叫囂；機械式的排比字句，也可以無限堆砌。很多人對新詩認識不足，容易引入歧途；同時也使新詩藝術感染了迷霧，功過難抵。

〈晨安〉云：「晨安！大西洋呀！／晨安！大西洋畔的新大陸呀！／晨安！華盛頓的墓呀！林肯的墓呀！惠特曼的墓呀！／晨安！惠特曼呀！惠特曼呀！太平洋一樣的惠特曼呀！／啊啊！太平洋呀！」繞地球一圈，自然可以濫用感歎號盡情呼喊了。〈地球，我的母親〉共二十段，每段四句，也有類似的毛病，只是不斷製造複沓的節奏，不斷膨脹。

〈鳳凰涅槃〉原是一首名作，寫出再生的慾望，寓意很好。「我們生動，我們自由，／我們雄渾，我們悠久。／一切的一，悠久。／一的一切，悠久。／悠久便是你，悠久便是我。／悠久便是他，悠久便是火。／火便是你。／火便是我。／火便是他。／火便是火。」可惜流於夢囈的語言，看不出多少詩意。

泛神論

泛神論是一種把神融化於自然界的哲學觀點。他們認為自然界每一事物的本身就是上帝，不承認有超自然的人格化的上帝。郭沫若《少年維特之煩惱．引序》云：「泛神便是無神。一切自然只是神底表現，我也只是神底表現。我即是神，一切自然都是我的表現。」這在他的詩集《女神》中更表露無遺了，張揚個性，噴發狂飆式的感情，鼓舞五四以後新起的一代，摧枯拉朽。〈天狗〉寫於1920年2月。全詩四段，共廿九句，渲染天狗蝕日的傳說，首句更全用「我」字，表現出大代時代自信。

我是一條天狗呀！／我把月來吞了，／我把日來吞了，／我把一切的星球來吞了，／我把全宇宙來吞了。／我便是我了！／

首段連出「我把」四句，吞滅諸天，氣勢如虹。末句更刻意凸出自我，把人的地位提升到宇宙的高點，這更是傳統古詩中絕少表現的境界。次段建設新時代：

我是月底光，／我是日底光，／我是一切星球底光，／我是X光線底光，／是全宇宙底energy（能）底總量。／

第三段十六句，共用了五組排比句式，飛奔狂叫，噴發感情；惟稍嫌堆砌，不能知所節制，自然也爲新詩帶出很多負面的信息了。末段兩行：「我便是我呀！／我的我要爆了！」只是繼續亢奮，稍欠迴旋餘味。

後現代的標誌

現代主義是指十九世紀後期興起的一股以主知精神取代浪漫抒情的文藝思潮。現代主義強烈地表現出對傳統文學的反叛傾向，不斷創新，開發被忽略和遭禁止的題材，努力不懈地尋找新的中心。後現代主義則是第二次世界大戰後新興的文藝思潮，反映現實世界的種種危機，同時也揭示了「存在」毫無意義，刻劃出心中「地獄」、「虛無」的惶惑和痛苦；此外，語言的外表意義已消失，只成了一種無法解決的不確定的遊戲。羅門（韓仁存，1928-）〈長在後現代背後的一顆黑痣〉利用詩的語言表現出這兩種主義的不同特質，富於形象特徵。首段云：

> 在英雄與命運交響樂中／尼采沿著地球的直軸／向天頂爬／圖以自己的心　對換宇宙的心／同永恒簽約／

首句以貝多芬（Ludwig van Beethoven, 1770-1827）代表浪漫主義精神，其餘各句則以尼采（Friedrich Wilhelm Nietzsche, 1844-1900）象徵現代主義的意蘊，告別了上帝，重建存在中心。次段云：

> 千萬隻眼睛／仰視他一個世紀／看累了，從高空下來／世界平躺在地上／連隆乳器也抽掉／天地相望　誰都不高／卻苦了飛不起來的天空／……／博士與明星攜手走進熱門／歌星與莫札特同進一間錄音室／詩人與師爺坐一張書桌／……／燕尾服穿上牛仔褲／啤酒屋與靈糧堂各吃各的／

此段意象密集，表現出後現代包容不同風格的氣派。缺點則是「炒成一盤雜碎」。

新　詩

潮聲

去去的日子
曾經許諾
錢塘八月的潮頭

洶洶然衝一山白沫
化作漫江絮雪
一剎那的微笑
盈照於眉柳翩翩

眾之神簇擁上
詩魂荷馬的王座
瞎者的智慧
戰勝了凱撒雄心

緊抱岩前
海之吻

生命的浪花
能捲將幾次沈寂
淒厲者有涯之泣
似聲聲鵑血
不如歸

狗之死

睡汝
安息吧
玻璃棺內
白茸茸的襟墊
灑幾撒淒紅血花
且微闔倦眼
寬恕文明輾痛

當審判那天
十字架前激盪著神底咆哮
上海街頭川流鼎沸
如何闖進
一個不相屬的靈魂

仲夏夜之夢

山之風
海之風
盈盈地來從月殿
你來自夢中

本來無夢的那一個仲夏夜的晚上
誰想到天街的閒逛
偶然瞥見
閃爍在燈火闌珊裡一對澄澈的眸子
跨過了宇宙茫茫的彼岸
拋掉了西王母的忠告
飄然地降謫人間

像一瓣初綻的白蓮
浴銀光如瀉
周圍蕩漾著連串琤琮的
　琴韻
　河聲
滑過邱比特的冰弦上

小仙子舞也翩翩

蓮臺合什
彈指虛空
仲夏夜之夜
渾一片淒清和美

烙印

心脈加速
跳躍動八月的激情

風和風輭風熏
凝聚的橫波
渾圓的夢
竟然鑄錯了
一番傷痛
一番回憶

蓮心兮苦
汝心兮更苦
曾經負欠了的
不單是一瓣焦紅的烙印

彼蒼者悠悠
願以誠摯
　以血
　以詩
簇譜就一冊無言的樂章

歌手

舞池內空無一人
歌手寂寞地
高唱一首昨日之歌

零碎的燭光
剪不斷溫柔如水
快樂的人兒啊
何不投身其間
賜與一絲人間的和暖

舞吧
舞吧
得到慰藉的
說不定還是自己

一九七四的獨白

肉瘤
重壓的駝峰
癌之毒液
起伏
急促的起伏

生跑在崎嶇的斜坡上
公式不變
痲痺了神經官感
災難的巨輪
不要再恐嚇孩子——
生之苦

渡不盡的大乘與小乘
超音速往哪兒走
菩提樹下承諾了
回頭是岸

已死的我的一九七四
已死的一九七四的我

給莎姬

南風吹
孕育大地之母
一份古希臘的純情
窗紗幌動
微黃的閃爍
　憧憬
真與幻

邱彼得無法射與自己心窩
一箭
窺視的燭油
卻燙傷了
愛神飛升的羽翼
啊！莎姬！你這疑心
你這魔鬼

愚昧的寬恕
贖不了鑄就的錯誤
信心已死

死去即新生

誘惑
不能征服的誘惑
遠離
迅即的遠離

鷓鴣天——譯姜夔詞〈元夕有所夢〉

到東方虔誠膜拜去吧
嗚咽的肥河水夾纏夢影奔注
　江流浩淼
　相思無盡
深植洪荒深處
愛的錯誤

夢中縈繞
不比畫中音容
枕外山鳥驚呼
喊醒了悠悠歲月

奔馳春之原野
春來何遲
髮上的青絲
卻挑起了一根根早逝的白
分離的張力扯斷
人世間沒有永恆的哀傷

燈花燦照魚龍舞

爭輝燦照

點綴著歡聲和落寞

十二世紀中悽愴的東方元夜

交織擁疊那褪色了的

沈吟於癡騃之外

姜夔〈鷓鴣天〉「元夕有所夢」：「肥水東流無盡期。當初不合種相思。夢中不比丹青見，枕外忽驚山鳥啼。　春未綠，鬢先絲。人間別久不成悲。誰教歲歲紅蓮夜，兩處沈吟各自知。」

木棉

滑翔海色淺紫底
二月的紅燈
珊瑚百尺
浸潤
琉璃夢界

燃燒的碧血
　衝擊　奔注
巨人粗闊的胸膛
挺著凌霄
那是生底呼召

家寓三江渡頭
死歸百粵譜籍
從越南之南
蜿蜒
趙佗的三千年間
　紋身披髮
騰躍乎化石之上
你是龍底名字

古意

抱一掬木棉
盈盈採自
古老的盧九花園
湖鏡春潮
撩亂等同心緒

藏在眼簾深鬱
青溪小姑的深情
紅蕊傳詩，嫩香猶暖
久經飄泊風霜
又奈何似真疑夢

送別

是北地的雪花，招喚
你欣然應諾
空中打幾個滾
從此白山黑水
吞沒了紙醉金迷
好一個脱俗的夢啊

你是松花江上奔馳的野牛
我是冰下游動的一尾魚
冰層厚厚阻隔
怎樣抓緊你衣角的投影

齊瓦哥的歌聲迴盪於哈爾濱的街心
娜拉奉獻了俄羅斯最後的一齣悲劇
廚房中的馬鈴薯熱了又冷
連醫生也無法治療自己的心疾
日子如流水一去不回
重逢於傷心舊地可別駐足

也許到野外去吧
撿一個兒時的夢
夢中塑一個雪人像我
未幾燙熱的眼淚又把我融掉

雪風亂吹，雪花狂舞
曠野中僅餘寂寞的呼嘯
片片的白雲碎了
可剩一縷薄命的游絲

初抵中大

是誰放逐了一座孤島
唧唧的蟲吟緊抱流動
凝於樹梢森然的燈暈
飄散著幾縷霉黃書香
驚訝荒郊之外
恆久原始同住

短促的哨子拖動汽笛
前輪拖動後輪
彼夜中揚起
嗚嗚一霎冷風
鐵軌挑起生活的扁擔
湊著喧鬧奔來
大家趨近同一狹長底路

選擇了孤島當然得準備承受寂寞
聖經賢傳原不該是致富的夢
徘徊生之彼端
迷惑原於無奈

著意靈魂底追訪
必然一幕鬧劇
聽吧，江邊漁音激盪
人世乃哀歌伊無寧止

尋

吞吐整個碼頭
不禁訝然於船之大
夜，茫茫人海
竟還要尋找一個

人，在燈火闌珊處
發現後的喜悅
也許智者才配欣賞
剎那間掃盡一切迷霧

春秋絕筆於獲麟
孔子反袂拭面涕沾袍
聞道夕死以生命去見證
　憂，國族絕續存亡
　喜，智慧的明燈不滅

杜鵑謝後作

劫後的三月
一番風，一番雨
枝上的殘英
一回搖落，一縷欷歔

誰不念過眼繁華
尤其是公子王孫，豔妝紅粉
厠身荊棘叢中
可慣珠淚洗臉
掠過的蚊響彷比鼓音
飢餓也從抽象轉成具體了
過江去吧，同是天涯
何必曾相識

煤山煙霧銷盡三百年的王氣
同屬高陽苗裔
屈原的哭聲未止……
宋帝明帝，南與北
災難竟如斯巧合

再哭三百年也不能相抵
試問家何在
一朝辭枝墜葉
難道便該千古睽隔

早知道夢境難留
彩色照片也留不住芳魂秀魄
　　（歷史呢，更添悵惘）
今日的崔護何嘗晚到
時光如是飛縱可著痕跡
遙祭的豈只一縷幽心
哭不盡的千遍人間天上

也許會找到，某天
打開霧的鎖鑰
裏面金光燦照的
陽光照在一大堆白骨及十字架上

雨後

樹上的葉子特別青翠
鳥兒的歌聲特別嘹亮
暑氣悶氣一掃而光
遠山披上夏妝更添幾分俏媚

汝曾記否空氣中行將炸開的雷電
溫度竄升到了沸點
忙這忙那一切都麻木了
嘟著嘴巴不說話

一覺醒來，一陣歉疚
原來昨兒是個惡夢
還這麼孩子氣幹嗎
在這涼涼的早上
我們又相擁而笑了

小睡

炎酷的陽光漸轉柔和
乾爽的空氣搖蕩
南中國朦朧的秋意正濃

晚蟬織成了催眠曲調
隨著海風飄近
花棚上片片的綠葉柔伏

藍空在眼球裏瞇成薄縫
疲倦的眼皮緩慢地開瞌
偶然內心的顫動
可源自一股早來的寒意

不，當凝凍的彩霞漫天
小精靈該在夢中歌舞
從遍是紫色氤氳的花圃裏
衝開了層層翠浪

說理

儘在平凡中打發
一連串忙碌歲月
談不上詩酒溫柔
談不上天人愛恨

任性的少年漸遠
慷慨的悲歌暫歇
家也寧，國也靜
此刻竟緩步於坦途上

說情

三十的華年與蝴蝶無緣
撲火的飛蛾已燒成蜜蜂
且趁晴和天氣
花間下，殷勤釀蜜

深褐的窠壁抵擋風雨
一家緊挨著一家
雖說人間小駐，聽吧
海山的呼喊若近若遠

燈塔

淒然一嘯，燃燒於
烈烈的風中，莽莽紅塵
揮手，向過往的船
欲斷難斷

懷抱著浪花
似幻夢而真
佇立水中央
衣袂素練飄飄

化解

眼枯淚盡血冷血乾
鮮紅熱浪開遍絕望的死海
瘋狂的槍聲掃射，嗜血的
希伯倫鎮沸騰了

化解三教宿世的衝突
哭牆下不要牢記民族的苦難
橄欖樹挺立風中
耶路撒冷以愛還血

哀思

萬點星光，灑落
南中國海的汪洋中
你可知道，永恆的思念
跨越了天上人間

萬點燭光，燃亮
維多利亞的草坪上
你們知道，凜然的正氣
苦撐住歷史風騷

星光燭光，閃閃淚光
河水井水，澎湃潮水

長途車的風景

兩團三十八吋的粉乳
攤開粉紅色的車座上
抖動一簾的春色
逗引登徒子浮遊的目光

夢裏乾坤倒轉，仰望星胸
葉子楣帶來連串的遐想
玉手輾過赤裸的男體
指壓五十肩的隱痛

洶湧的波濤逮住元神
脱胎換成刻骨的溫柔
天長地久緣聚緣散也就成了車上的過客
我們相逢於星空奇詭電光震撼的世界

審視

從金鐘商廈的半空
中銀大廈擦身而過
眼踏香港公園的模型世界
仰攀山頂的連雲巨宅
老襯亭變成了凌霄展翅的飛碟
中環人由衷崇拜的
嘩啦嘩啦的金銀財寶
點綴著蒼翠的山巔

突然，一霎強烈的閃光
繁華夢碎，我跌落，萬丈紅塵深淵
在電車軌上赤裸獨行，由萬眾審視
評頭品足，穿透肝腸
黑髮已經染成了蒼白
慢慢就只剩下榨乾了血肉的軀殼
復歸虛無，在沒有聽眾的琴韻中
何況更曲終人散
聲嘶力竭吐出了最後一口血
悠然倒下睡了，夢中仙樂琤琮

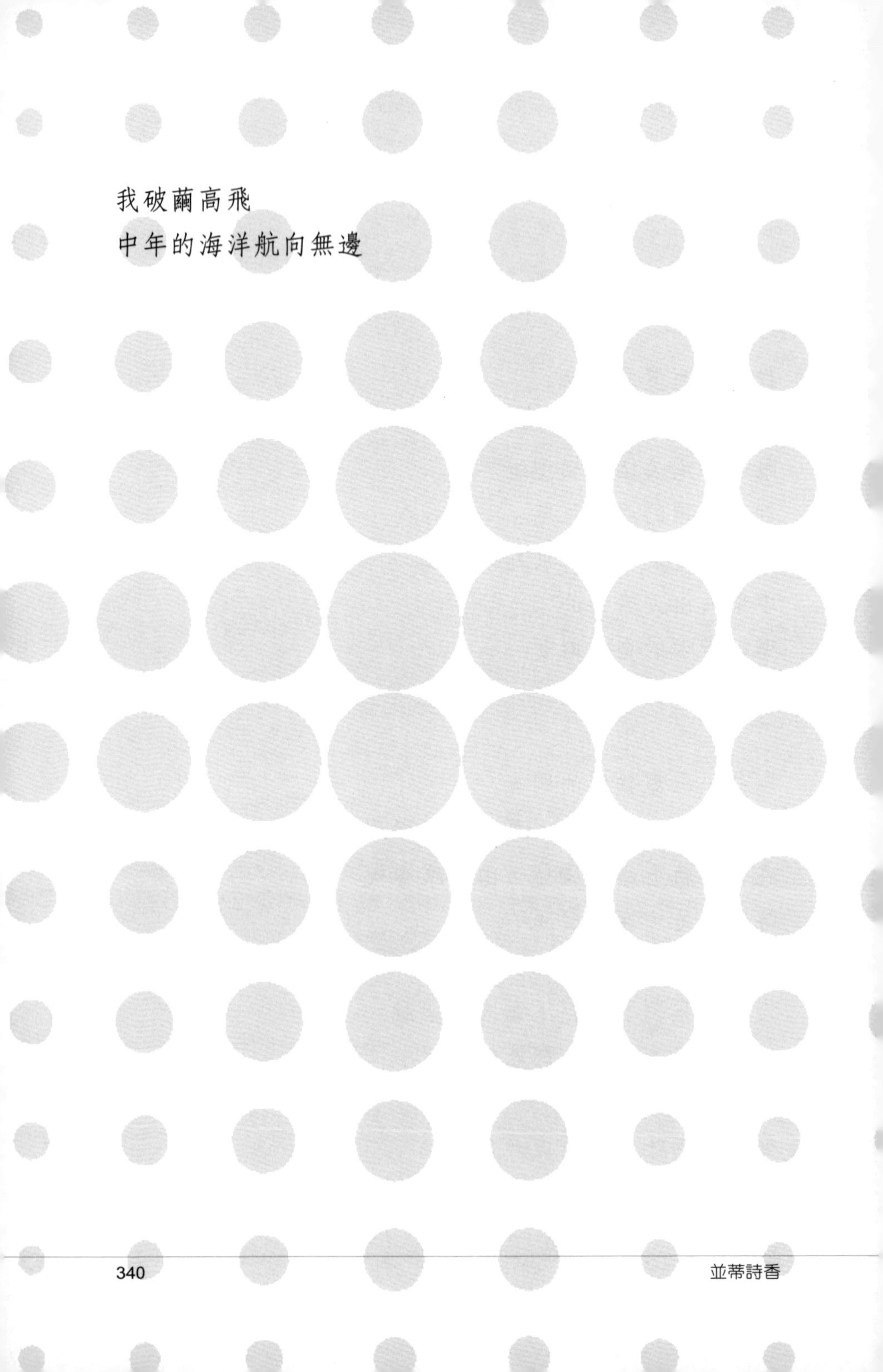

我破繭高飛
中年的海洋航向無邊

遠行

一九九八年夏天，我告別了
吐露港的山精水怪
百萬大道上的燕子飛飛
廿載歲月流金消匿
五十功名賤如塵土
吶喊的草色串成飲泣
拈不起花更不成微笑
沒有風情嫵媚，明天我將遠行
我沒有攫走徐志摩的雲彩

最好頭也不回的毅然割斷記憶的臍帶
還八仙嶺酡顏微醉的風姿
甚至五十年代的溪田流水，漠漠煙光
在婆娑樹影中，現實逐漸淡出
暮色和蟲吟幽幽和鳴，現在我已孤獨上路
翠竹寒蟬幽谷佳人都成絕響
正醞釀著一場狂風暴雨，金剛經說
一切有為法如夢幻泡影，如露亦如電
在世界盃洩氣的足球加上泡沫經濟的感覺中

圓桌客話

就是為了追尋
那不甘平扁的感覺
拔出於流俗之中
以至尋常的語言之外
在次第陷落的城市裏
冒出了三瓣的新綠

天下本來就不該是排定座次的
可是那一百零八的梁山好漢
打倒秩序，創新歷史
替天行道，可又蠱惑人心
炎炎夏日沒頭沒尾的遊行隊伍
整個城市都沸騰起來了
我們卻來此喘息透氣
圓桌的周邊圍聚著奢華的酒宴
不再老是論資排輩
天女散花，風華依舊
還有那危城中說不完的蒼涼故事

圓桌圍成了一席一席的流水宴
隨時入座，從容離去
刻意保留一點的矜持
高貴、優悠
自我以及自尊
甚至帶點不羈和佻皮
在昏昏的午夢中
吹過了一陣清風

誘惑

四月的牡丹園中
萬綠幽蒼，一陣香風吹過
翩翩的彩蝶飛來
蓓蕾綻蕊，含苞欲開
驚豔的春色令人暈眩欲醉
倒向池邊，掬一口清水
飲下了春寒料峭
冰淇淋似的甘膩中
迴盪著濃情蜜意
然後如幻的春光淡出
褪色了的春天回復原樣
本來無一物，打開始
就甚麼都沒有發生過似的

蠶蛾與絲巾

春蠶吐絲，包裹著
裸裎的身軀，碩人頎頎
胡思亂想，糾纏交錯
很想衝出吐絲自閉的蠶室

經歷了劇烈的抽搐蛹變
當飛蛾破網而出
欣欣迎向那另一半超越世俗的身軀
心心相印，壓縮成六月晚上的
死亡與再生的啓示
織就的絲巾鋪墊了永恆的絲路

煉獄裡的旺陽

你站在囚倉看望自由
自由的人穿透囚倉看你

低矮狹隘黑暗惡臭
蟲虻滋生的棺材板塊
扭曲了身軀摧殘了觀感
卻仍然挺直腰板的
頭腦清晰目標明確
生命的抗爭冥頑不靈
二十三年的堅持換得了
一個淒涼陌生的名字

旺陽自由了，復得返自然
煉獄裏的靈魂翩翩飛翔
既盲又聾罄竹難書的
卻揭開了荒謬的國度

消失

攜盤獨出月荒涼
渭城已遠波聲小——（李賀）

消失於湖水虛妄的夜色中
別離建構了永恆的思憶
從互聯網的星空穿梭走過
積累了三年半的能量昇華

午後的風雨，滿園狼藉
久違了的狂熱掙脫了煎熬
紛揚的青絲散落
鋪墊了哀傷的無奈

端坐鏡子前面
瀑布似的長髮斜墜
秀氣的臉龐上
寧靜的半截身影

就這樣的帶淚出門

關上了真幻癡騃
從此三生的情緣懸掛著
中秋月最圓最亮

腦海中充塞著芳華倩影
懺情交織於反省思維當中
琤琮的琴音滑過了
難以面對的，最好還是不遇

忘年的故事難免滑稽
僅餘的熱情消亡殆盡
竟然親手狠心戳破了
一堆破碎的影像

不見

不見李生久
佯狂眞可哀——（杜甫）

常常鬧著玩說不再見面
這對大家都沒有好處
我也知道，心中明白
沒有甚麼好給你的
更沒有任何承諾
只知道分離已是既定的事實

訣別的日子到了，沒有期待
曾經擁有永恆的懷念
那一年的中秋度過了
海心沙下挖掘陶瓷和端硯
以及陳家祠裏金木磚灰的雕塑
見證生命的輪轉和存在

老湘樓上的茶香和月色
灑落於月下激情的擁抱

化作鏡中清秀的倩影
長髮向兩側斜斜散開
眼中泛著閃爍的淚光
然後一溜煙奔向遠村的月夜

兩日同遊，隔代重逢
在茫茫人海的闌珊燈火中
流連於西子湖畔初遇斷橋
大雁塔下的櫻花一再盛開
迭經走過愛過也分開過的
那紫荊叢中深鎖著的嬌愛纏綿

古典詩

平江杜甫墓修繕竣工典禮紀詩乙酉

九月二十二，平江好風日。草樹綠油油，秋風正輕拂。警車前開路，蜿蜒小田達。荒臺謁遺阡，修繕功已畢。學童喊歡迎，田野兩行列。鼓奏吹長號，歡情喜洋溢。彩球高飄揚，招展旌旗密。居民二三千，圍觀人潮熱。長官魚貫入，記者影飄忽。鏡頭各不同，佈局重細節。鞭炮衝煙火，眾樂次第發。遊行曼妙姿，忽然九龍出。穿梭互變化，分合隊形活。瀟灑滿場飛，山川氣鬱勃。所祈風雨順，所願生民恤。講話振詩聲，旅遊乃實質。揭幕參祠廟，子孫祭壇設。叩拜循古禮，四郊風雲烈。浩浩見遺裔，一脈淵源闊。贈我大筆筒，精誠悟詩律。萬方尚多難，公平漸隱沒。貧富太懸殊，風騷從何說。生活徒艱虞，人情自怡悅。回顧小田村，敘詩誌本末。于以垂教化，民心慎墜失。三呼杜陵叟，聖神欽來察。

挽春吟和韻乙酉

秋山紅葉長精神。銀漢盈盈欲問津。神六漸圓天上夢，大千回望網中人。太空藍綠滋奇彩，終古玄黃濯暗塵。今夕蓬萊思遠客，幾回風雨送殘春。

二〇〇五年十月十二日，神舟六號太空船順利升空。

石頭店乙酉

冬日暗黃昏，來訪石頭店。室雅透玲瓏，不著纖塵染。水晶與蜜蠟，四壁光輝閃。田黃雞血紅，雲霞爭吐豔。巧手周雕師，採珠浮瀲灩。三十一裸女，滑溜難遮掩。更看王作琛，雛雞一窩檢。嫣紅雙蓮房，出水芙蓉臉。溶化美人脂，五行水色渰。題材翻新境，創意同烈燄。藝術品味殊，禪機存一念。邀我登閣樓，品茗坐竹簟。野生普洱茶，苦澀回甘漸。畏聞大鐵椎，夭矯屠龍劍。天地忽澄鮮，頑石頭能點。出門大道行，通靈已無玷。回望松山巔，佳氣斗牛驗。打造新名牌，萬花爭富贍。

鍾偉民打破傳統題材，自行訪石設計珍品。店中有周雕師所刻「採珠」杜陵凍擺件，高一呎，裸女三十一人懸浮於碧波之中，富於動感。王作琛所刻「新生」黃巢凍，擔出一窩雛雞，復有「出水芙蓉」善伯凍、「五行・水」鬻箕田諸作。石頭皆似凝脂溶化，軟膩而流動。當日所喝普洱茶原爲茶磚，鍾偉民稱乃用大鐵椎打碎，略嫌粗暴。店中珍品極多，大師雕刻，遊刃有餘，自亦通於精妙劍法。畏聞也者，怕禍及頑石，難爲玉碎也。

沈謙猝逝乙酉

夢中惘惘去何之。不信人天竟別離。十月西湖商訓詁，今年東道盼修辭。重尋美食滋無味，三復雄文意重悲。一夕紫荊搖落盡，殘英如血哭君時。

元旦翌日沈謙學長以心肌梗塞猝逝，不禁大慟。沈謙嘗於二〇〇五年十月出席杭州訓詁會議，神采飛揚，相聚甚歡；而二〇〇六年五月則擬於臺北主辦修辭學研討會。沈謙乃當代散文名家，口才了得，講求美食。「重」，《廣韻》讀柱用切，訓「更爲也」。粵語亦讀去聲，意即更也。

澳門度歲丙戌

仙雲縹緲彩雲條。遙夜繁枝遣興豪。玉宇瓊樓迷遠近，桑田滄海幻風濤。有情歲月悠悠感，無限盈虛步步高。冷對人天孤絕處，生涯原是一毫毛。

澳門家居面對葡京酒店擴建新翼，節節爬升，遮擋全部海景。

橋陵丙戌

沃野天庭直路長。蒲城佳氣鬱青蒼。雄風已入開元世，高嶽還依渭水鄉。山抱龍床供帝座，雲隨鳳翥駐霓裳。唐宮喋血哀新鬼，合漢通徽太上皇。

橋陵在蒲城縣。開元四年十月，葬睿宗於橋陵，而蒲城縣亦改名奉先縣，以管橋陵。杜甫〈橋陵詩三十韻因呈縣內諸官〉云：「崇岡擁象設，沃野開天庭。」橋陵在唐代諸帝陵中最爲廣袤闊大。

怨煎一首丙戌

怨綠愁藍淺水邊。蓬萊橘紫失澄鮮。橫行蟹逐殊方島，直道風微在莒田。海峽有潮瓜再摘，江山無主壑難填。忍看撕裂人間世，南北何堪萁豆煎。

布達拉宮丙戌

巍峨殿宇壯高原。雪域昂藏拜至尊。磴道迴廊探藏秘，金身座佛悟經論。天人一體文華燦，紅白雙宮氣象渾。達賴喇嘛猶去國，衣冠人老坐幽軒。

獨上黃龍丙戌

江郎才盡阮郎羞。青藏行吟東藏游。人事都迷山水去，風花長繫夢魂留。臺階獨步憐瑤草，林木參天濯翠流。五彩池中涵幻碧，高山薇蕨已忘憂。

四川阿壩州又稱東藏，高山流水，風光各異。

登伏羲氏卦臺山丙戌

一心虔敬拜羲皇。始鑄文明世界光。大地迷茫欽教澤，民生樂利進綱常。乾坤朗朗森天象，禮義堂堂立國方。畫卦臺高龍馬洞，葫蘆河繞水天長。

龍馬洞與畫卦臺隔河相望，雲霧中有龍馬出沒之感。案易卦乾爲龍象，坤爲馬象，伏羲或亦得義於此。渭水圍繞卦臺山，狀若葫蘆，晴川下望，平疇沃野，則太極圖及八卦符號，隱約呈現。

登南郭寺，依杜甫〈秦州雜詩〉韻丙戌

車上南郭寺，來尋不老泉。潛流餘水井，霜柏接枝傳。三月秦州客，千秋隴右邊。詩聲迴古道，登覽一潸然。

訪程祥徽伉儷新居山水華庭丁亥

拔出紅塵十丈樓。蓮花盤繞翠雲稠。九洲洋闊開懷抱，萬卷書深樂自由。山水華庭一片月，星輝儷影兩凝眸。京城奧泳風光炫，晨報頭條更健遒。

程教授出席政協會議，巡視奧運泳館「水立方」建設工程，彩雲流動，星輝閃爍，與夫人凝睇含笑，刊《北京晨報》頭條。

香港舊體文學研討會賦詠丁亥

八月香城熱浪熬。喜憑舊體會賢豪。江山有待花光豔，主客相逢雅興高。濟濟一堂弘學術，悠悠千葉振風騷。華洋今古神魂蕩，吐露仙鞍迸彩濤。

登雲岫樓丁亥

戰火風雲烈，山河正氣揚。運籌通萬里，浴血奮千場。松濤寧素志，雲岫仰多方。中華兒女秀，有淚弔興亡。

雲岫樓乃戰時陪都蔣委員長官邸。

遙望清溪川丁亥

清溪川上美人愁。可是緣慳一夕遊。二十二橋羞月影，當年呼酒過揚州。

清溪川乃首爾市政府新近修復之天然河道，流淌於市區中心，上有二十二橋，方便往來。集旅遊、購物、消閒、環保諸概念爲一體，具有城市建設之典範意義。可惜大會臨時取消遊覽清溪川節目。

嫦娥奔月丁亥

火箭衝天奮巨龍。層層剝落見真容。五千年歷星空夢，十億神州月夜逢。婀娜仙姿伸彩臂，迴環軌道引芳縱。金秋時節天清朗，同仰西昌玉鏡峰。

二〇〇七年十月二十四日中國探月衛星嫦娥一號升空成功。

厓門弔古丁亥

蒼崖南望水茫茫。一代軍民決戰場。蜑户有心存宋祚，將軍無恥翦吾王。飄搖風雨林花寂，澎湃江潮海角荒。雄魄魂歸時世換，人間無語弔興亡。

厓門乃宋帝昺君臣投海殉國之地，張弘範嘗刻「鎭國大將軍滅宋於此」石上，後爲徐瑨鑱去。現屬海軍軍區管轄範圍。

悼學海出版社李善馨先生戊子

學海沈酣飲巨鯨。一時詩酒劇縱橫。和平東路新書樂，寧福高樓笑語生。卅載往還全厚重，千秋著作費經營。忽然騎鶴青雲上，揮袖蒼茫壯遠行。

八韻二首戊子

圍城傳聖火，閉門巧造車。拒之千里外，安檢在中華。人心惟危兮，雜種混龍蛇。和諧宜定調，疆藏豈傾斜。久為蒼生念，官商隻手遮。熒屏開盛世，慷慨靖風沙。長城觀壯采，蜿蜒萬里誇。北京歡迎你，趣緻五福娃。

鳥籠觀奧運，京師半戒嚴。民工驅之去，盛世頗相嫌。車流單雙日，閉户落窗簾。商店放假吉，衣冠萬國瞻。火箭沖天去，掃趕雨雲霑。四大文明古，絲路海陸兼。熠熠星光燦，熊熊聖火炎。漪歟開幕禮，國力行頂尖。

網仔寮瀕臨臺灣海峽戊子

海峽波濤挾浪奔。黃金沙滑擋臺垣。木麻黃倒絲蘿繞，網仔寮吹風日喧。荒島來遊沾氣象，故園遙望誤朝昏。一方水土新天地，雲雨蒼崖泯舊痕。

己丑西湖絕句四首

夜幕初臨冷似霜。杭州四月水風涼。相逢何必人間世，漫步湖濱路正長。

斷橋閒步到平湖。無月無星萬象孤。長髮臨流侵樹影，蜻蜓點水亦迷糊。

日月湖山瀲灩秋。幾回緩步欲遲留。賣花人過流金夜，三日杭州夢幻遊。

機場回首語依依。誤了祥雲振翼飛。初四黃昏天外客，一彎眉月出閨闈。

紫荊園四首己丑

西湖春水碧無痕。天外飛星落穗垣。夜夜芳魂來又去，一簾幽夢紫荊園。

終風苦雨有時晴。天上人間淚欲傾。一曲琴音留後約，羊城回望蕩秋聲。

西湖晴雨總難休。魂夢牽縈意未酬。最是朝來情繾綣，銷魂何限看梳頭。

紫陌紅塵事惘然。無端風雨隔荒煙。當時解道不相見，一剎人間萬古緣。

長白山天池己丑

天外飛灰歷劫圖。火山噴發堵明湖。一方霞鏡中朝境，兩國神峰翡翠珠。碧水縈迴懸瀑布，清光瀲灩燦珊瑚。偶然露臉真容見，始信人間夢未孤。

六十閱兵己丑

六十年來大是非。人間江海費尋思。君王有力開時運，民意無端暗轉移。導彈昂揚鷹隼壯，英風颯爽女郎姿。載歌載舞昇平世，璀璨煙花夜寂時。

悼李汝倫丈己丑

歲暮風雲惡，星凋五丈原。詩壇元老烈，將略海波翻。鐵骨凌霄漢，冰心諫帝垣。哲王終不悟，遺恨正乾坤。

二〇一〇年二月一日作。

中華詩教學會成立庚寅

禮樂崩弛有所思。春風抖擻振江湄。龍泉聽瀑群山寂，鳳翥吹笙儷采奇。疾駛風雲驅正變，重光日月卜明夷。中華詩教千秋業，言志緣情樂自持。

二〇一〇年三月二十七日，中華詩教學會成立，葉嘉瑩教授任榮譽會長，陳永正教授會長，另選出副會長、理事、秘書長等，弘揚詩教，移風易俗，正變相因，明夷可待。會議在新會龍泉酒店舉行，聽溪瀑之流泉，群山靜寂；感笙簫之引鳳，眾鳥和鳴。《文心雕龍．明詩》云：「儷采百字之偶，爭價一句之奇。」又〈詩大序〉「詩言志」、〈文賦〉「詩緣情而綺靡」、〈明詩〉「詩者，持也，持人情性」諸說，此詩之三義也。

青龍寺賞櫻花庚寅

長安古道樂遊原。幻彩流霞悅客魂。冥漠空華哀帝子，繽紛湖海浴天孫。鳳凰展翅簫聲咽，日月無光世態翻。滅佛會昌虛妄念，青龍寺駐舊家園。

青龍寺乃密教祖庭。唐憲宗貞元二十年（八〇四），日本留學僧空海師事惠果法師，盡得眞傳，歸國創眞言宗。唐武宗會昌滅佛（八四五），青龍寺遇劫，漸次荒廢。一九八二年，中日兩國在遺址上重建青龍寺，遍植日本櫻花。

香港文學中西與新舊交會賦詠庚寅

舊學商量已兩回。前緣再續八仙限。中西交會追鴻雪，今古融和燦斗魁。經國文辭傳不朽，戲言雅俗證如來。蟬鳴荔熟一杯酒，聯合宏開高講臺。

香港舊體文學研討會已辦兩屆，首屆二〇〇四年在香港理工大學，次屆二〇〇七年在香港中文大學舉行。論文刊《文學論衡》第五、六期及《香港舊體文學論集》。現擬於二〇一〇年六月二十五日在香港中文大學聯合書院召開「中西與新舊——香港文學的交會研討會」，涵蓋詩文小說、影視講唱、文言白話、方言外語等，雅俗兼賅，一爐鍛冶，意在突出香港本色，共襄盛舉，盍興乎來。

悼雨盦師庚寅

執手床前話別難。忽傳凶問哭江干。清明過雨春心寂，日月無光花夢寒。文采風流追晉宋，詩書園囿蘊芝蘭。紅泥更作歸根地，莽莽山河覓古歡。

汪中教授著《古歡室詩》。二〇一〇年四月十三日作。

哀思悼劉殿爵教授庚寅

語言思想抉精微。哲學明倫辨是非。儒道三經翻譯重，中英同仰正音稀。淮南鴻烈宣時則，呂氏春秋契化機。天地不仁芻狗棄，悠悠宇宙賦同歸。

劉殿爵教授精研語言分析哲學(Linguistic philosophy)，以翻譯《道德經》、《論語》、《孟子》三書鳴世，尤好讀《淮南子》、《呂氏春秋》二書，講論治道。著《語言與思想之間》、《採掇英華》等。二〇一〇年四月二十六日在香港病逝。

悼怬齋師庚寅

泥塗拔擢立常門。解讀溫詞比楚魂。卅載追隨詩道正，百年孤獨壯心存。橫琴水墨參神韻，石峪金剛記善言。一夕傷心搖落盡，濠江雲水繞荒村。

二〇一〇年六月二十五日，常宗豪老師病逝澳門。初老師指導溫庭筠詞，解釋「離騷初服」之意。百年孤獨乃酒名。畫作〈橫琴〉及書法〈集《泰山經石峪金剛經》聯語〉三十六件均見於《常宗豪黎曉明書畫集》中。斯人已去，搖落無端。

七月卅一日住石家莊新時代大飯店午後作庚寅

進退榮衰物有時。輕揮衣袖白雲知。石門詩會新時代，馮景禧樓舊館移。永日炎雲熔夏暑，黃昏豪雨綻秋姿。讀書養志尋常事，湖海憑闌念在茲。

辦公室由馮景禧樓遷往曾肇添樓。

中華民國一百年元旦奉和伯元夫子

辛亥風雲百載看。青天白日寸心丹。師移臺海難長治，龍戰神州尚久安。鷸蚌相持藍綠半，乾坤重振漢唐冠。盱衡世局文明詭，元旦聯吟國史刊。

奉和曾永義教授盛開流蘇詩辛卯

一樹繁花醉入神。流蘇倚雪擲青春。黌宮古道匆匆過，舞榭歌臺幕幕新。戲樂迷離通治亂，詞章絲縷待敷陳。斜陽古柳壺中趣，彩繪丰華自在身。

天神巧合壬辰

神九衝飛上太空。繞行換軌接天宮。飄浮失重相扶穩，光影傳情自拍中。銀漢潛行真亦幻，宇航組合氣如虹。天神交會憑人巧，碧海蒼穹星際通。

角力場壬辰

劉旺劉洋李旺陽。雄姿俊彥各擔當。蛟龍潛底波濤詭，酷吏鉤胎風雨狂。神九天宮誇對接，大千民氣待申張。黃泉碧落茫茫海，法制科研角力場。

二〇一二年六月廿四日，神舟九號與天宮一號手動對接成功，同日蛟龍號四度深潛太平洋馬里亞納海溝（Mariana Trench），下達七〇二〇米海底探索，皆能刷新紀錄，成就顯赫。惟近期湖南民運人士李旺陽耳聾目盲被自殺，弔死窗前，似欲呼吸自由氣息；陝西馮建梅超生，未能繳付罰款四萬被流產，七月嬰胎僵臥床上，照片曝光，尤爲震撼。

悼伯元師壬辰

噩耗驚聞劇可哀。重洋遙奠水雲埃。天心有恨傷搖落，藥石無靈委化裁。國學傳承師道永，詞章吟誦月華開。城門河岸沙田路，縈繞前塵夢幾回。

徐德智簡介

2013年3月16日於板橋

徐德智，生於楊梅，現居板橋。畢業於富岡國小、富岡國中、武陵高中、東吳大學中文系、中興大學中文系碩士班，目前爲彰化師範大學國文系博士班博士候選人，兼任東吳大學、中國科技大學講師，講授詞選暨習作、大一國文、中文寫作與思維等課程。素以詞學爲學術職志，而以填詞、讀詞爲生活至樂。國中自修古典詩，稍知古、絕、律之體。高中進而學詞，漸成偏嗜，屢忘寢食。碩班以後，每有所感，率皆以詞從事。大學時期，接觸現代詩亦多。古典詩詞不能如意者，輒遣之於現代詩，以適其興。

創作自娛，偶獲青睞，因其緣會，零星散佈於不足爲人道之處。

著有《並蒂詩風》（合著）、《並蒂詩情》（合著）、《明代吳門詞派研究》，以及學術論文數篇。

詩論

新詩

2012年12月15日於擎天崗

詩論

新詩

2012年12月15日於擎天崗

古典詩

讀詞札記十二則

徐德智

一、

溫庭筠〈菩薩蠻〉：

水精簾裏頗黎枕。暖香惹夢鴛鴦錦。
江上柳如煙。雁飛殘月天。

藕絲秋色淺。人勝參差剪。
雙鬢隔香紅。玉釵頭上風。

這也是一闋閨怨離思之詞。

上片寫女子之睡眠。

前二句寫室內。觀點從女子居室的水精簾外往內探，可以看見女子頭枕在頗黎枕上，尙在睡眠之中。水精簾與頗黎枕，已可見出女子居室之華貴，而底下又特別強調女子居室之溫暖與芳香；所蓋的被子，是豪華的錦被，且上面繡有精緻的鴛鴦圖案。在這樣舒服的環境之中，自然有所好夢。女子作著如何的好夢呢？從鴛鴦的象徵，能夠讓讀者聯想得到那好夢，必然是與情郎相會繾綣、一片纏綿的美夢。「惹」字佳，使環境與夢境之間，有一緊密而自然的連結。

後二句寫室外。與前兩句若不相蒙，詞人乃是藉室外景物，點出時間，以及現實中女子的境況。室外的景色，是江邊的柳樹已漸漸茂盛起來了，而有雁鳥從天上飛過，愈飛愈高遠。「殘月」，指的是清晨初曉的黯淡月色，並指示女子流連美夢的時間點。柳，是與人離別之象徵；雁，則象徵遠人的訊息。女子閨中夢好，但時間已是破曉，夢破在即。眞正的現實，是與情郎分別，而且從未得到情郎捎來的消息。

下片寫女子之春遊。焦點都集中在女子的頭飾，但巧妙地使用了三種不同頭飾意象，各自有所暗示。

前二句寫的是女子頭上戴的人勝。古人元月初七，亦即人日，剪人勝戴於頭上。這位女子在這一天也循著風俗，特意挑了秋天藕絲的淺青白色，來剪出人勝。「參差剪」，一方面說的是人勝之形狀，二方面也能讓讀者聯想到她在剪的當下，其情緒之認眞，其表情之可愛。妍華女子，剪了人勝，戴上頭髮，又是春天，自然要出去春遊一番。

歇拍二句，寫的是女子頭上的鮮花與玉釵。鮮花自然摘於郊外，而連結前二句，可知歇拍二句寫的是她已然在外春遊。「雙鬢隔香紅」，說的是女子見了鮮花，便摘下戴在頭上，相得益彰，互相爭豔。這裏特意採用黑紅對比，以花之香紅襯出女子頭髮之烏黑亮麗。「玉釵頭上風」，說的是女子頭上戴的玉釵，因風吹而搖動。女子不止是簪人勝，簪鮮花，而且出門前還精心打扮過，頭上簪了玉釵。玉釵不比人勝、鮮花之輕；能吹動玉釵者，必然不是徐風，可推知女子遊春到底，已然走上某一高處。高處眺望，必然勾起關於遠行情郎之離思。本來春遊之快意，至此以無限哀感作結。越是敘述居室物象、頭上飾物之精美，越顯出女子之妍好。女子年華如青春，美好而易逝，自己固然有所惆悵，而旁觀者更加心存惋惜，特爲感傷。

吾於溫庭筠詞，特好此闋。設色略淡，而造語脫俗，意象鮮明，暗示連連，中間含情脈脈。

二、

溫庭筠〈夢江南〉：

梳洗罷，獨倚望江樓。
過盡千帆皆不是，斜暉脈脈水悠悠。
腸斷白蘋洲。

此詞敘述一位女子等待情人回來之傷心閨怨。共分爲三個小結構。

第一、二句，說的是此女子仔細梳洗打扮之後，獨自上高樓等待情人歸來。此高樓爲可以彌望江面之高樓，若情人歸來，能夠立即望見。梳妝自然也有「女爲悅己者容」的意思，遂經常聯想及「士爲知己者死」之政治託喻。但此詞或溫庭筠他詞，顯然大都只是純述閨怨而已。

第三、四句，承接上文「望」而來。獨倚獨望，一開始便以傷心來鋪陳，但猶存希望。此二句又說她望盡了過路的千艘帆船，可以想見的是：其心中不斷升起的希望，一次又一次地被打滅；傷心情調，亦一再一再地加深。斜暉，此處應指日落。這也暗示了她從早上梳洗罷，一直望到了傍晚，依然不見情人歸來。「斜暉脈脈水悠悠」一句，是此詞最巧妙處。所謂情景交融，敘景亦說情：女子心中不安，眼前日色亦昏沉不明；遠水悠悠，女子深情亦悠長無盡。

末句直說此女子之傷心。李冰若《栩莊漫記》曾嚴辭批評：「飛卿此詞末句，眞爲畫蛇添足，大可重改也。『過盡』二語，既極怊悵之情，『腸斷白蘋洲』一語點實，便無餘韻。惜哉，惜哉！」事實未若如此不堪。從結構來看，溫庭筠如此落筆，有其不得不然之處。此詞之三個小結構：由盛裝而獨望，到獨望而不見，最後是不見而悲傷，而且是悲傷至極。一方面是用〔唐〕趙徵明〈思歸〉「猶疑望可見，日日上高樓。惟見分手處，白蘋滿芳洲。」二方面正如夏承燾〈不同風格的溫韋詞〉所云：「古時男女常採蘋花贈人，末句的『白蘋洲』也關合全首相思之情。」白蘋洲既是她和情人分手之處，又是相思信物生長之所，則往事歷歷，見之更添悲傷；更何況是望情人而不見的情形下，惟見此白蘋洲，能不斷腸？再者，唐圭璋《唐宋詞簡釋》云「末句，揭出腸斷之意，餘味雋永。」但筆者讀來，末句並非「餘味雋永」，乃是截然痛心之斷語也！

三、

韋莊〈菩薩蠻〉：

紅樓別夜堪惆悵。香燈半卷流蘇帳。
殘月出門時。美人和淚辭。

琵琶金翠羽。絃上黃鶯語。
勸我「早歸家。綠窗人似花。」

此詞爲聯章的第一闋，乃是韋莊追憶唐僖宗中和三年（883），他離開洛陽，逃往江南，與情人相別的情景。這是在韋莊心中，關於美人的最深刻、悲痛之記憶。

上片寫離別之景況。

前二句寫離別前一天夜晚，二人之傷心。紅樓、香燈、流蘇帳，均極言女子居所之華貴，暗示女子之美好。香燈，說的是這別夜通宵燈火通明。半卷流蘇帳，說的是二人徹夜不眠。所以不眠，乃是離別傷心之故，同時也可想像：二人把握最後時光，互訴情語，共結約定。

後二句寫離別之清晨，二人終於要分手。殘月，既點出時間爲清晨，亦象徵不圓滿之缺憾。美人邊哭邊與韋莊告別，其傷心如此，韋莊如何，則不待言了。

下片接續上片清晨臨別，寫美人告別時之言語。

前二句寫美人自彈自唱別離歌。其琵琶之精致，可與美人相輝映，同時也用《明皇雜錄》所載楊貴妃故事，暗示音韻淒清哀傷。黃鶯語，既言美人歌喉之動聽，也用〔唐〕孟棨《本事詩》戎昱故事，暗示了韋莊與美人之離別。從這裏也可以知道美人的身分，乃是一歌妓。

歇拍二句則是美人殷切叮嚀。「勸」字，可以想像當時的離酒別觴，以及美人殷切不安的心理。所勸者一，是希望韋莊早歸家。「家」字，用得平淡而深刻。韋莊家在長安附近鄉野，並非在洛陽。美人勸韋莊早歸家，乃是視洛陽爲韋莊與她之家。如此相勸，可知韋莊與美人情感之厚。所勸者二，是「綠窗人似花」，此則第一勸之加倍寫法。綠窗乃是近花之處，而花最美之時，大抵無過青春。開窗見花，猶如美人自見；花如青春易逝，美人亦然。故美人勸韋莊，務必在春華猶存之前歸來，可見美人心中之急切，以及不捨相別。以殷切叮嚀作結，實爲以下組詞之伏筆。第一闋尤其可與第五闋並看；看了第五闋，再回頭來看這二句殷切叮嚀，特爲韋莊感傷心痛。

〔清〕張惠言《詞選》評云：「此詞蓋留蜀後寄意之作。一章言奉使之志，本欲速歸。」此組詞五闋自是留蜀寄意之作不錯，但「奉使之志，本欲速歸。」則未必，因韋莊所述乃是離開洛陽，前往江南，而非自長安前往四川也。

四、

牛希濟〈生查子〉：

春山煙欲收，天淡星稀小。

殘月臉邊明，別淚臨清曉。

語已多，情未了。回首猶重道。

「記得綠羅裙，處處憐芳草。」

五代之時，詞之詩化仍在萌櫱階段，而作爲流行歌詞，內容寫男女離別相思，再常見不過。佳作固然多矣，筆者卻特好此闋。

上片寫離別之況。

前二句用景物來點明離別的時間。季節是春天。春天一詞，擁有百花盛放、青春年華、攜手踏春等豐富的美好想像可能性，但作者卻以此爲背景，一開頭就以反襯落差爲著墨點。美好之春，卻有離別，離別之恨，可以想見。美好之春，卻是離別，離別之不得已，可想而知。開頭「春」之一字，籠罩全篇，而且巧設埋伏。此一離別，更具體的時間是何時？夜霧即將散去，天色微微明朗，而天上的星子，不僅可見者少，而且不甚清楚。離別之時，正是黎明。此詞所寫，即是一男子，欲別情人，而發軔早行。陳廷焯《雲韶集》云：「『春山』十字，別後神理。『曉風殘月』不是過也。」認為柳永〈雨霖鈴〉「今宵酒醒何處，楊柳岸、曉風殘月。」也比不上此二句。陳廷焯顯然誤讀詞意，拿南宋詞讀法，來讀五代詞了。

後二句寫兩人離別之當下，而將焦點縮小至女子的臉上。怎麼知道這裏寫的是女子之淚？「殘月」之意涵，已與前二句相犯重複，但作者在這裏別有用法。天上之「月」，是拿來與人間「佳人」相映襯的。「臉邊明」似乎說的是月光之皎潔，其實是說女子臉龐之姣好。「明」者，不止是月光、女子臉龐，還有晶瑩之別淚。發展到這二句時，此詞之主角，已呼之欲出，乃是男性。所見之月光、月光下的女子臉龐、女子臉龐上的晶瑩淚光，都是從男性眼中看見的。「臨清曉」之意思，似乎也與上文重複了，其實也別有用意。「臨」字，指出了天色已明，若不出發，則時程落後的一種緊迫感。這種緊迫感，將前二句的不得已，又寫得更深一層。俞平伯《唐宋詞選釋》云：「『天淡』及下句把曹操〈短歌行〉『月明星稀』拆開來用，而意不同。」其實也不必作如此看。

下片專就離別之語來下筆。上片已點出詞中男主角，下片則就男主角為主。

前三句寫離別之語之多。承接上片結尾的緊迫感，此處的離別之語雖然多，但卻是時間緊迫下的「多」，不是嫌棄意味上的多。這種「多」，想要繼續「多」下去，是男主角主觀願意而希望的，而客觀環境上不得允許的。兩人的離別之語結束，並非無話可說，而是另有他故，必須啓行，不得不結束別離的情語。故「回首」有其道，寫的是男主角已經出發上路，走了一段距離之後，回頭說了一段簡短而凝情其中的話。

後二句就以男主角回頭所說的話結尾。用杜甫〈琴臺〉「蔓草見羅裙」。「綠羅裙」，既是實指佳人所穿的衣服，也是借代佳人。「處處」，指行跡到處。「芳草」，泛指花草，總歸是綠色植物，同時也具備離別的象徵，更呼應了一開頭便已設下埋伏的「春」字。男主角道出，他將永遠牢牢記得佳人喜愛穿著的綠羅裙，尤其是那鮮明的綠色；不管行旅到天涯海角，看見了芳草，都會特加愛憐，因爲這綠色讓他想起了佳人羅裙的綠色，尤其是穿著綠羅裙的佳人。李冰若《栩莊漫記》評此二句：「詞旨悱惻溫厚而造句近乎自然，豈飛卿輩所可企及？」唐圭璋《唐宋詞簡釋》亦云：「設想似癡，而情則極摯。」天下妙句，多是癡語，癡語正可以饜足情意。

五、

李煜〈相見歡〉：

無言獨上西樓。月如鉤。

寂寞梧桐深院鎖清秋。

剪不斷。理還亂。是離愁。

別是一般滋味在心頭。

李煜此詞應作於亡國之後，北俘軟禁於汴京禮賓館之時。語言流暢明白，結構亦簡單，而以其深切眞情，直接打動人心。

上片寫景，敘其夜晚不眠。

前二句的敘述，是空間的往上升高。第一句直述詞人登上高樓，並且其外在姿態是無言而孤獨的。登樓必有所見，故底下二句，皆作視覺摹寫。「月如鉤」是抬頭所見。月如鉤，則月爲缺月，不圓滿也。

第三句是九字長句，作六三句法。這一句是空間的角度向下，乃是俯瞰。俯瞰所得，即是平常所居之處。平常所居之處如何？乃是「寂寞梧桐深院鎖清秋」。固然是一宅院，而此宅院「深」而無人知曉，況且爲「秋」所鎖，不得自由。院中所植以相伴者，是梧桐；梧桐乃遇秋先落，對於秋天最爲敏感者。說梧桐，正是說詞人自己；梧桐寂寞，正是詞人寂寞之自況。

詞人從高樓向上抬頭，向下俯瞰，刻意隱藏了平視遙望的角度。恰如〈虞美人〉「故國不堪回首月明中」、〈浪淘沙〉「獨自莫憑欄。無限江山。別時容易見時難。」所云，遙望乃是最爲不堪者。

下片寫心中之愁，不同於上片的外在描述。上下片結構似乎可以截然劃分，但依筆者所見，下片是從上片的「月」引出來的。李白〈宣州謝朓樓餞別校書叔雲〉云：「棄我去者，昨日之日不可留；亂我心者，今日之日多煩憂。長風萬里送秋雁，對此可以酣高樓。……欲上青天攬明月。抽刀斷水水更流，舉杯消愁愁更愁。人生在世不稱意，明朝散髮弄扁舟。」欲攬明月而不可得，只有愁更愁之愁。

前三句從李白〈秋浦歌〉「白髮三千丈，離愁似箇長。」以及〈宣州謝朓樓餞別校書叔雲〉「抽刀斷水水更流」融合變化而來。對於離愁的創造性具體描述，無理而妙。

第三句和上片第三句一樣，也是九字長句，作六三句法。此句平淡，但和上文合看，則是加倍寫法。強調了心上離愁，並非普通之離愁，與書中所曾讀到的，或者暫居異鄉的離愁都有所不同。李白尚且可以發「人生在世不稱意，明朝散髮弄扁舟」之想，李煜卻連想都不可得。姑且不論李煜曾是一國之君，吾輩常人難以想像其亡國之愁，而這種深刻、難以言說、無法消除的離愁，卻是千年以來的讀者，都能毫無隔閡地心領神會的。

六、

范仲淹〈蘇幕遮〉：

碧雲天，黃葉地。

秋色連波，波上寒煙翠。

山映斜陽天接水。

芳草無情，更在斜陽外。

黯鄉魂，追旅思。

夜夜除非，好夢留人睡。

明月樓高休獨倚。

酒入愁腸，化作相思淚。

范仲淹所作鄉情詞，皆自具手筆，不同凡響。

上片寫眼前異鄉景色，層層相扣，猶如連環。

第一、二句，總寫秋色，上有碧天猶帶雲，下有大地鋪黃葉。「碧雲天」，秋色之爽朗也；「黃葉地」，秋色之衰頹也。援用兩種秋色典型，也將人的兩種矛盾情緒暗藏其中。

第三、四句，上承秋色，聚焦至山水。「秋色連波」，指前述秋色反映在水面上，也可見及。「波上寒煙翠」，則是順著水面秋色看去，看到水中所映現的煙嵐繚繞的青山。

第五句，上承山水，再移動焦點到斜陽。「山映斜陽」，而水映山，則山水皆是斜陽；又「天接水」，水面遼闊萬頃，上接於天，則山水天光一片斜陽。

第六、七句，上承斜陽，焦點歸結於芳草。上下一片斜陽，美不勝收，而詞人卻意在芳草。芳草自有離別之象徵。

前文皆爲實寫，此二句爲虛寫，純粹想像視野之外的芳草。芳草無情，以其爲大自然無知無感之物也，恰恰反襯詞人之有知有感有情。上片似乎極寫異鄉之好，到最後才含蓄道出總非故鄉之感。

下片寫身處異鄉之離情。

第一、二句，用〔唐〕陳玄祐〈離魂記〉故事：倩娘魂魄離軀，夜追赴考之王宙，與生活數年，並生子；後相偕返鄉，魂魄始與身軀合爲一體。寫的是思鄉情懷，追隨行旅不絕；不管身在何處，時時思鄉。

第三、四句，承上，行旅之四處飄盪，而誇張想像思想情懷竟追不上，故云「夜夜除非好夢留人睡」，唯有在美夢中，才能夠回到故鄉。「夜夜」二字，表達了詞人強烈之願望。

第五句，承上「除非」二字，事實上，詞人夜夜難以成眠，常登高樓，憑欄望月。「休」，將原本平述的語句，變而爲帶有強烈情緒的斷語，而且是一種出於自身之痛的勸告。所謂明月，雖未言明是盈或缺，而無論盈缺，皆足以使人傷感萬分。

歇拍二句，承上，樓高不可倚，月明不可望，唯有以酒澆愁。詞人卻不說以酒澆愁，反而說酒化成淚，更加委婉、有層次、有滋味。愁腸，是上片開頭以來所述的總結情緒，而酒化成淚水，似將埋藏之情緒發洩帶出，但以哭出之，實則更加悲傷。歇拍此二句甚佳，不僅綰合全詞，兼有委婉、想像、情感加倍之妙。

七、

蘇軾〈江城子・密州出獵〉：

老夫聊發少年狂。左牽黃。右擎蒼。
錦帽貂裘，千騎卷平岡。
為報傾城隨太守，親射虎，看孫郎。

酒酣胸膽尚開張。鬢微霜。又何妨。
持節雲中，何日遣馮唐。
會挽雕弓如滿月，西北望，射天狼。

據〔宋〕傅藻《東坡紀年錄》：「（熙寧八年1075）冬，祭常山回，與同官習射放鷹，作詩〈和梅戶曹會獵鐵溝行〉，……又作〈江神子〉。」該年密州大旱，蘇軾往常山祈雨，後果得雨，十月復往常山謝神。回途繞道黃茅岡，習射打獵，大有斬獲，遂作此詞。同時也寫了〈和梅戶曹會獵鐵溝〉（案：馮本、王本皆無「行」字。）：「山西從古說三明，誰信儒冠也捍城。竿上鯨鯢郵未掩，草中狐兔不須驚。東州趙　飲無敵，南國梅仙詩有聲。向不如　閑射雉，歸來何以得卿卿。」又有〈祭常山回小獵〉：「青蓋前頭點皀旗，黃茅岡下出長圍。弄風驕馬跑空立，趁兔蒼鷹略地飛。回望白雲生翠巘，歸來紅葉滿征衣。聖明若用西涼簿，白羽猶能效一揮。」這二首詩之情感、意象，與此詞略有相似之處，可以相並參看。

上片寫打獵。

頭三句，就自己寫自己。用《南史・張充傳》典故：「充字延符，少好逸遊。（父）緒嘗告歸至吳，始入西郭，逢充獵，右臂鷹，左牽狗。遇緒船至，便放紲脫韝，拜於水次。」黃指黃犬，蒼指鷹。特以「老夫」與「少年」映襯對舉，又用「聊」來凸顯「老夫」，用「狂」來凸顯「少年」。蘇軾當時年近四十，雖不至於老，但已在政治場上打滾了十多年，所見識也多，故所謂「老」，多少有些仕宦之慨歎。今朝出獵，豪情勃發，一解胸中鬱悶，聊且自擬於當年風流狂逸少年之張充。

第四、五句，就隨從寫自己。傅幹注云：「錦帽，錦蒙帽也：貂裘，貂鼠裘也。」錦蒙帽、貂鼠裘，原為漢代羽林軍裝束，此指蘇軾之隨從裝扮，亦符合冬日出獵景況。隨從千騎，可見軍容之壯盛；又從平岡席捲而來，可以想像其氣魄與氣勢；而且錦帽貂裘，大有《史記・司馬相如傳》少年風流司馬相如，其隨從「車騎雍容」之態。

第六至八句，就美女寫自己。「傾城」當是指美人而言，大概是隨行的歌妓。《漢書・外戚傳》李延年歌云：「北方有佳人，遺世而獨立。一顧傾人城，再顧傾人國。寧不知傾城與傾國，佳人難再得。」一說「傾城」指的是全城的百姓，形容隨行百姓之多，但一來既然是酬祭回程中，順道習射出獵，就不大可能有很多百姓隨行；二來人群眾多之意象，已與上文「千騎」重複；三來如此敘述雖是某種寫實，卻未免文學趣味不足。爲報答美女，而「親射虎」，始與上文「千騎捲平岡」一般，俱有「老夫聊發少年狂」之處。「親射虎，看孫郎」用《三國志・吳書・吳主傳》典故：「（建安）二十三年十月，權將如吳，親乘馬射虎於庱亭。馬爲虎所傷，權投以雙戟，虎却廢。常從張世擊以戈，獲之。」表明自己出獵之勇猛。此種勇猛，不出於群眾鼓舞，卻出於美女面前的力求表現，正所謂「狂」也！

下片寫感懷。

頭三句寫飲酒之豪氣。上片所述出獵之豪壯狂逸已極，而「酒酣」之後，「胸膽尚開張」胸襟懷抱更加開闊。這是「狂」的更進一步。「鬢微霜」呼應上片「老夫」，而「鬢微霜。又何妨」又是「狂」的再進一步，比〈和梅戶曹會獵鐵溝〉「誰信儒冠也捍城」，狂之甚過。

第四、五句，自寫身分與期待。用《史記・馮唐傳》或《漢書・馮唐傳》典故。其中記載漢文帝時，魏尚爲邊地雲中郡守，抵禦匈奴，戰功卓著。後因上報戰果有所出入，遂被獲罪削爵去職。後經馮唐進諫，漢文帝始派遣馮唐持節，赦免魏尚，並回復原職。爲了符合格律，蘇軾在此處運用典故時，有所濃縮。「持節雲中」用的是典故的前半，而以魏尚自比。蘇軾爲密州知州，不曾守邊，但此次出獵，自覺豪勇，故自信能爲國家禦敵。「何日遣馮唐」用的是典故的後半，希望朝中能有馮唐般的鯁介之士，爲蘇軾伸張冤屈。這也隱約見出蘇軾對於當日半被迫出京，其內心的憤懣與委屈。進而言之，所謂「老」者，不如說是一種失落心態的表述；所謂「狂」者，原來是寄情佯狂；所謂「酒酣胸膽尚開張」者，連心底眞話也不小心洩漏了出來。

歇拍三句，以報效國家的豪情壯志作結。據《烏臺詩案》，〈祭常山回小獵〉「聖明若用西涼簿，白羽猶能效一揮。」二句，「意取西涼主簿謝艾事。艾，本書生也，善能用兵，故以此自比。若用軾爲將，亦不減謝艾也。」與此詞寫法類似。在此詞中，蘇軾則以魏尙自比。所比不同，用意則一；二句詩意，此則以五句表之。這三句承上文，若能得到直臣的維護，以及君上的眷顧，蘇軾自言必會以其全力，爲國抵禦外侮。

縱然蘇軾在到了杭州以後，開始用心爲詞，而且也試著開拓傳統以外的寫作可能。詞史上所謂蘇軾「以詩爲詞」，卻一直要到了密州，寫了這闋詞之後，才算有個正式開始。蘇軾本人對於這一點，也是有所自覺的。他在〈與鮮于子駿書〉中說：「近卻頗作小詞。雖無柳七郎風味，亦自是一家。呵呵！數日前獵於郊外，所獲頗多。作得一闋，令東州壯士抵掌頓足歌之，吹笛擊鼓以爲節，頗壯觀也！」「呵呵」正是得意之笑。

八、

蘇軾〈浣溪沙・徐門石潭謝雨，道上作五首　其四〉：

> 簌簌衣巾落棗花。村南村北響繰車。牛衣古柳賣黃瓜。
> 酒困路長惟欲睡，日高人渴漫思茶。敲門試問野人家。

這闋詞上下片均只有一個敘述結構，各由三句所組成。

上片寫他在鄉間聽到的三種聲音。第一種聲音是掉落在衣巾上黃色棗花的聲音。簌簌飄落，可想其多；彷彿可以想像蘇軾經過一排茂盛棗樹下、甚或一片繁茂棗林的景象。棗花之多，棗實豐收則在期待之中了。此乃有賴於及時雨水。第二種聲音是繅絲車運作的聲音，而且是村南村北、到處傳來。處處繅絲聲，也可以預期蠶絲收穫之豐富了。農家養蠶，始能繅絲。養蠶，須先有充足桑葉餵養。此亦有賴於及時雨水。第三種聲音是柳邊人家叫賣黃瓜聲。棗實未收，蠶絲正收，而黃瓜已收。有賴於及時雨水，黃瓜得以收成，而農人才得以叫賣。上片這三句、三種意象，不僅表現及時雨對農村的影響，也顯示出及時雨後的鄉村生氣蓬勃。

「牛衣」可作三解：第一，據顏師古注《漢書》云：「牛衣，編亂麻爲之。」意指破舊襤褸之衣。若依此解，則是指一穿著襤褸之人，在古柳樹下叫賣黃瓜。第二，據程大昌《演繁露》云：「案《食貨志》：『董仲舒曰：貧民常衣牛馬之衣，而食犬彘之食。』然則牛衣者，編草使暖，以被牛體，蓋蓑衣之類也。」意指蓑衣。若依此解，則是不只有人叫賣黃瓜，而且正在曬乾雨後的蓑衣，並凸顯了及時雨。第三，據曾季貍《艇齋詩話》云：「東坡在徐州作長短句云：『半依古柳賣黃瓜』，今印本作『牛衣古柳賣黃瓜』，非是。余嘗見東坡墨蹟作『半依』，乃知『牛』字誤也。」若依此解，則是有人靠在古柳下，並叫賣黃瓜。此則有些凸顯了炎天之熱。這三種解釋各有所勝，但若從敘述的脈絡來看，由於下片所表現爲一種暑渴感，此當作「半依」解，較爲適當。

下片寫的是蘇軾在路途中的暑渴。第一句寫疲憊。一方面是因爲路途漫長，二方面是喝了許多酒。爲何喝酒？正是第二闋下片所言：「老幼扶攜收麥社，烏鳶翔舞賽神村。道逢醉叟臥黃昏。」乃是爲了慶祝及時雨收穫而醉。第二句續寫在這種狀態下，蘇軾和眾人還要繼續趕路。「日高」，炎天高張也。「人渴」，日高所致。進而「漫思茶」，冀望想飲些茶水解渴。最後一句，眾人遂「敲門試問野人家」。試問的結果，可想而知，當然有茶水得以解渴。這才引出了鄉野之人的人情味，同時也暗示了民眾不受缺水之苦。

九、

蘇軾〈浣溪沙・徐門石潭謝雨，道上作五首　其五〉：

軟草平莎過雨新。輕沙走馬路無塵。

何時收拾耦耕身。

日暖桑麻光似潑，風來蒿艾氣如薰。
使君元是此中人。

這是往石潭謝雨聯章的第五闋，也是最後一闋。前四闋均以農村風土與人物爲主體，走筆至此，始托出自身心意。

上片寫新雨之後。

前二句，就甘霖之後的路途，說明心中的舒適愉快。「軟草平莎」，正是一片遼夐、平坦的翠綠草原。所謂「新」，則是指突如其來的一陣甘霖，將草原洗得分外青翠；同時也涵有別具新天地的意思。風景清新如此，而路經此地的隊伍如何？則是「輕沙走馬路無塵」。不是崎嶇的石子路，也不是難行的爛泥道，而是行馬其間、舒適愜意的軟草沙地。「無塵」，一方面說的是車馬並無揚起灰塵，二方面亦指此間天地無染塵埃。

末句承上，用《論語・微子》典故：「長沮、桀溺耦而耕。孔子過之，使子路問津焉。」孔子、子路尚且問津，而蘇軾言下之意則是：長沮、桀溺乃世外高士，而他所經此地，正是世外天地。但蘇軾卻又不是隱居其間之人，故自問：「何時收拾耦耕身？」心中滿含退隱之想。

下片承接上片，寫雨後天青。

前二句，寫雨後日照漸次轉盛。「日暖桑麻光似潑」，寫日光。「日暖桑麻」可讓讀者想像到周遭氣溫之上升；「光似潑」說的是日光在草葉上閃動之貌。「風來蒿艾氣如薰」，寫天晴氣味。微風徐起，吹過乾燥的蒿艾，傳來陣陣屬於大自然的香味。以上所見、所嗅，均是深入體味，方能道出之領會。

上片以心羨隱居、身非隱士作爲結尾，而歇拍以雖非隱士之身、實會隱居之意作爲結尾，——一反前言，卻更加深一層。「使君」用得巧妙。蘇軾使用「使君」這個矛盾語彙，成功反襯出他的心思。

十、

蘇軾〈蝶戀花〉：

花褪殘紅青杏小。燕子飛時，綠水人家繞。
枝上柳綿吹又少。天涯何處無芳草。

牆裏鞦韆牆外道。牆外行人，牆裏佳人笑。
笑漸不聞聲漸悄。多情卻被無情惱。

此詞看似一人之情詞，實則二人之情詞，甚至可說是天下之人之情詞。其哲學意味極濃厚。

上片寫暮春之景，一句一意象，凡五種意象。這五種意象都是北宋以前之情詞所習用的。雖然一句一意象，但也非五者並列，而各有聚焦。都從處所來暗指人物主體。

前三句寫杏花、燕子、綠水。杏花是凋落欲盡的殘紅，而杏子已結，既青且小。首句即以點明季節乃是春暮夏初。此時亦是燕子交飛，簷下營巢的季節。河流漸漲，清澈如碧，曲繞人家。關鍵在於「人家」二字。由此二字，可知這三句說的原來是某戶人家附近之景色。就杏花、燕子、綠水三者推斷，「人家」並非任意人家者，而是有一「佳人」所居之人家。杏花、燕子、綠水皆有象徵。說屋旁杏花，即是說佳人。說交飛燕子雙雙，即說佳人心中對於伴侶佳偶之願望與向慕。說綠水曲繞，即說佳人內心盤鬱；而逝水不斷，也有青春盡付東流之意；又，當初情人可能乘船而去，則綠水不只是提示佳人視線之漸遠，同時暗示佳人之相思。這三句暮春之景，乃是佳人眼中之暮春。「人家」實為下片之伏線之一，引出牆內佳人來。這三句可否直接指實為令佳人傷心之暮春？但就整體安排而言，行筆至此，詞人當只是提出一種無情影響有情之可能性，尚未落實。

後二句寫柳、草。柳綿為暮春之物，芳草則四時有之。但柳與草，皆象徵離別。由「天涯」二字，可推知柳綿與芳草乃是行旅之人所見之暮春。行旅之人，有家不得返，有佳人而不得相聚，見柳、草而心驚意迷。是故《冷齋詞話》、《林下詞談》中，朝雲為此二句而極悲傷也。「天涯何處無芳草」一句，不由得令人思及牛希濟〈生查子〉「記得綠羅裙，處處憐芳草。」雖是進一層意思，卻不妨有此一想。

「天涯」亦爲下片之伏線之一，引出牆外行人來。和前三句一樣，這二句也是表明一種無情影響有情之可能性，尚未落實。

下片寫多情之恨。上片分寫在家一佳人與旅途一行人，交集在於所見皆爲暮春之景，而各有所感。下片則藉由行人路經佳人居家之偶然事件，將若不相蒙的佳人與行人進一層地連繫在一起。

前三句點出事件場景與人物狀態。一牆之隔，隔出兩個世界：一個是牆內的佳人，並且以「鞦韆」點出佳人之遊樂；一個是牆外的行人，並以「道」點出行人之奔波。或許由於字句的限制，詞人點出佳人「笑」，並未說明行人如何。從下文反推而知，「笑」是佳人的原初狀態；再推而遠之，行人之原初狀態當是風塵僕僕之「勞」。陌生之二人，各處一世界，一笑一勞，雖僅隔一牆，原本也毫無關聯。將他們連繫起來的，就是跨越一牆之隔的「笑聲」。

歇拍二句歸結到多情被無情之影響。「笑漸不聞聲漸悄」一句，寫佳人。佳人笑聲漸漸消隱下去，詞人卻未說原因。原因何在？女子遊春，原本歡快，突因想及春暮之故，轉而傷感，也是北宋以前情詞經常出現的內容。佳人「笑漸不聞聲漸悄」之眞正因由，大概不出如此。閱讀至此，回頭再看上片前三句，才能意會詞人爲何致力描寫春暮；「笑漸不聞聲漸悄」一句，彷彿寫的只是行人，而何嘗不包含佳人在內？春暮之景，屬於「無情」之大自然，而卻影響、撩撥了「有情」佳人之愁思。「笑漸不聞聲漸悄」雖然寫的是佳人，背後卻隱藏了聽笑聲的行人，而且可以進一步想像：行人在牆外聽到牆內佳人笑聲，爲之駐足，想必勾起許多回憶，或許憶起家中佳人；佳人笑聲逐漸消隱下去，也可推想到行人在牆外佇立之久，而此時行人更是爲之悵然。就佳人與行人來說，佳人是「無情」，影響、撩撥了「有情」行人之憂鬱。再者，就暮春與行人而言，暮春也是「無情」，影響、撩撥了「有情」行人之愁恨。佳人之愁有一層，行人之愁則有二層。

十一、

蘇軾〈水調歌頭・丙辰中秋，歡飲達旦，作此篇，兼懷子由〉：

明月幾時有，把酒問青天。
不知天上宮闕，今夕是何年。
我欲乘風歸去，唯恐瓊樓玉宇，高處不勝寒。
起舞弄清影，何似在人間。

轉朱閣，低綺户，照無眠。
不應有恨，何事長向別時圓。
人有悲歡離合，月有陰晴圓缺，此事古難全。
但願人長久，千里共嬋娟。

本詞甚至可視爲詠月詞，通篇不離月，而不拘泥於月，自出機杼。並仿〔戰國〕屈原〈天問〉筆法，上片三問，下片一問。

上片就神話傳說下筆。就神話之夢幻，亦有可悲之處，來對比人之平凡，卻自有人間之樂。

上片第一、二句，劈頭無理一大哉問，引出底下一連串的神話傳說。直接化用〔唐〕李白〈把酒問月〉：「青天有月來幾時，我今停杯一問之。」這個大哉問，問得不合邏輯，卻合乎常情，正是每個人心中都藏著的疑惑：對於人生的疑惑，尤其是關於人生追求的疑惑。同時也有暗示飲酒之豪、狂，堪比於李白的意思。

第三、四句，由青天明月，聯想至月宮。此二句並非化用韋瓘〈周秦行紀〉「共道人間惆悵事，不知今夕是何年。」也非化用戴叔倫〈二靈寺守歲〉「已悟化城非樂界，不知今夕是何年。」反而近似太上隱者〈答人〉「山中無曆日，寒盡不知年。」的意涵。人間是中秋，不知天上是否亦有所謂佳節？中秋人間歡樂，不知天上歡樂是否更甚人間？

第五至七句，由月宮，進而聯想御風上月。一般以爲「我欲乘風歸去」用的是《列子・黃帝》典故：「乘風而歸……若人之爲我友，內外進矣。而後眼如耳，耳如鼻，鼻如口，無不同也。心凝形釋，骨肉都融，不覺形之所一，足之所立。隨風東西，猶木葉幹殼，竟不知風乘我耶，我乘風乎？」但只有解釋了「乘風」之快意，而未說明詞中偶然乘興的情緒。是故此句同時也用了《莊子・逍遙遊》：「夫列子御風而行，泠然善也，旬又五日而反。彼於致福者，爲數數然也。此雖免乎行，猶有所待者也。」人生有待中秋一類佳節，始能釋然。蔡絛《鐵圍山叢談》：「歌者袁綯，乃天寶之李龜年也。宣和間，供奉九重，嘗爲吾言：『東坡公昔與客遊金山，適中秋夕，天宇四垂，一碧無際，加江流傾湧。俄月色如晝，遂共登金山山頂之妙高臺，命綯歌其〈水調歌頭〉曰「明月幾時有，把酒問青天。」歌罷，坡爲起舞，而顧問曰：「此便是神仙矣。」』」蘇軾偶然乘興，心神投入於佳節美景之中，自謂神仙，才正是「乘風歸去」之本意。至於「唯恐瓊樓玉宇，高處不勝寒」二句綰合了《大業拾遺記》、《明皇雜錄》二個典故。王嘉《大業拾遺記》云：「瞿乾祐於江岸玩月。或謂『此中何有？』瞿笑曰：『可隨我觀之。』俄見月規半天，瓊樓玉宇爛然。」傅幹注東坡詞，引鄭處海《明皇雜錄》云：「八月十五夜，葉靜能邀上游月宮，將行，請上衣裘而往。及至月宮，寒凜特異，上不能禁。靜能出丹二粒，進上，服之乃止。」蘇軾轉而一想，到了月宮，以其凡軀，恐怕不能禁受其寒冷。絕高之處，自有其可懼者在。

第八、九句，由不堪天上之寒，轉而自甘於人間。「起舞弄清影」化用李白〈月下獨酌〉：「我歌月徘徊，我舞影零亂。」人間雖苦，但有此間樂，則不苦，且頗似天上，而無天上之寒。前引《鐵圍山叢談》載蘇軾起舞，自云「此便是神仙矣。」簡直即是此二句註腳。

下片就眞實物理下筆。就物理之無情可言，來對比人之作繭自縛；並藉以凸顯人在自然與歷史的洪流之中，僅能擁有的微小願望。

下片第一至三句，寫人之不寐，歡飲達旦。前二句寫月光之移動。「轉朱閣」是橫的月光移動；「低綺戶」是縱的月光移動。月光移動，代表的是時間的進行。尤其是月光由高而低，說的是通霄至曉。「照無眠」自然說的是月光映照在人身上臉上，而同時也承接上片結束所描述的宴飲歡樂，表明一夜歡宴，直到天明。

第四、五句，上接月光照人無眠而來，寫中秋滿月，同時切合詞題「兼懷子由」。詞人不囿限於他與蘇轍的兄弟情誼與乖隔，而擴大到人間所有的離別、不如意。人之不寐，固然有時是由於慶祝佳節，但更多的時候是在憂心人生別離苦痛百端。「何事長向別時圓」的主詞是月；而「不應有恨」的主詞可以是人，也可以是月。如果「不應有恨」的主詞是人，則此句是一命令句，意思是希望憂苦不寐的人能夠找到生命的出口，不再悲傷。若其主詞是月，與「何事長向別時圓」一句相同，則說的是月亮運行，乃是自然規律，無所謂恨可言。月亮在人離別之時，顯得尤其圓滿，並非只是天文學的規律，而絕大部分乃因爲心理上的反差加乘。問月「何事長向別時圓」，不啻問的是人生不如意的答案。與上片開頭的問月「幾時有」一樣，也是個大哉問。

第六至八句，承上二句的大哉問，詞人提供了一個看似理性思維的答案。他拿人與月相比擬。自有歷史以來，古今之人莫不有悲歡離合，就如同月有陰晴圓缺之變化。月之陰晴圓缺，人無能為力；遑論人之悲歡離合，人本身自是無計回天，只有接受一途。天才總是最擅於譬喻，但一百萬個譬喻都不是事實本身。月之陰晴圓缺，乃是自然運行之理，可以邏輯分析，而人生更多的是非理性思維之複雜結果，無法索解終極根由。蘇軾提供的這個答案，豈不就是《莊子・大宗師》「得者，時也；失者，順也。安時而處順，哀樂不能入也。」另一種說法！

歇拍二句，上承人只能安時處順之意，以微小願望作結，並化用謝莊《月賦》「隔千里兮共明月」。此種結束之法，與〈行行重行行〉結束之「棄捐無復道，努力加餐飯。」頗為近似。對於人無法把握之一切，同樣回歸到最基本的願望，祈求身體康健，別無其他。雖然暌違千里，但同樣是中秋佳節，可以同賞一輪明月，如此在心理上也稍存寬慰了。

胡仔《苕溪漁隱叢話》云：「中秋詞自東坡〈水調歌頭〉一出，餘詞盡廢。」此說不無道理。正如同王國維《人間詞話》評李煜：「儼有釋迦、基督，擔荷人間罪惡之意，其大小固不同矣。」也可以拿來評論這闋〈水調歌頭〉；一般寫中秋詞，境界未能若此之大。

果眞要找出瑕疵，大概就是語意、辭彙略有重複。譬如「天上宮闕」與「瓊樓玉宇」相近；何、人、圓等字，多處重用。但語意、辭彙並非詞窮而單純重複，乃是爲了內容的往復開展，而不得不然的結果。語意、辭彙重複，一般是寫作疵病，這裏卻又不大算是了。

相較於蘇軾一生，密州時期爲早歲遭受的較小挫折。此時期他頗讀《莊子》，詩詞中皆有流露。有幸於此，後來遭遇烏臺詩案，身心雖備受折磨，方能夠逐漸走出困境。陳元靚《歲時廣記》曾記載：「元豐七年（1084），都下傳唱此詞。神宗問內侍外面新行小詞，內侍錄此進呈。讀至『又恐瓊樓玉宇，高處不勝寒。』上曰：『蘇軾終是愛君。』乃命量移汝州。」這闋〈水調歌頭〉早在蘇軾遠貶黃州之前即完成。當宋神宗看到之時，時空環境已大不相同。蘇軾作詞當詩可能無太多政治意涵，即使有，也只是人生悲歡離合之一環。

十二、

蘇軾〈少年遊・潤州，代人寄遠〉：

去年相送，餘杭門外，飛雪似楊花。
今年春盡，楊花似雪，猶不見還家。

對酒捲簾邀明月，風露透窗紗。

恰似姮娥憐雙燕，分明照、畫梁斜。

詞題爲「代人寄遠」，若按全篇詞意而言，此「人」大概是蘇軾之友人，而非望夫獨守之思婦。古詩詞作者以男性爲多，而欲訴夫婦情意，又往往不以男性角度直陳，而是「男子而作閨音」，假託女性角度而言之。其作法與杜甫〈月夜〉「今夜鄜州月，閨中只獨看。遙憐小兒女，未解憶長安。香霧雲鬟濕，清輝玉臂寒。何時倚虛幌，雙照淚痕乾。」相類。大概蘇軾也不是無故作詞。此友人與妻子睽違，而蘇軾和妻子分離之慨，亦相彷彿。王文誥所謂「託爲此詞」，應作如此理解，而非虛造「代人寄遠」。

上片寫思婦與夫婿之分離。

前三句寫去年之分別。從相別地點「餘杭門外」，可知此思婦之所在在杭州。何時相別？乃是「去年」；至於季節，乃是「飛雪」之冬天。蘇軾以同樣白色之楊花來擬比飛雪；楊柳自有離別之象徵，而「飛雪似楊花」即是極言當時之傷別。

後三句寫今年依然兩相乖隔。相別多久？「今年春盡」，則相別已有數月至半載之久。蘇軾刻意使用回文修辭，又用同樣白色之飛雪來擬比楊花；不見夫婿還家，但見「楊花似雪」，四處飄飛，其傷別更是別樣滋味。

下片寫思婦獨守空閨之情景。

前二句寫思婦之獨飲。「對酒捲簾邀明月」化用李白

〈月下獨酌〉「舉杯邀明月，對影成三人。」已現相當孤獨感。「影子」卻先藏住不言，留待下文之用。「捲簾」二字，可知思婦在閨中獨飲，但簾一捲，卻「風露透窗紗」。原本有意尋求明月陪伴，反而引來風露寒人，其孤獨感於是更上一層。

歇拍二句以月光作結。蘇軾這裏拿月、雙燕，來與上文的月、思婦、影子相比擬。月光同照，畫梁上是雙燕雙棲，閨房內卻是思婦與影子相對。蘇軾不說思婦之恨，卻說月光愛思婦與影子，如同愛雙燕。一方面，可見思婦對於雙燕之羨慕，二方面，亦可見思婦之自悲自惜，又再度將孤獨感提升了一層。

文字平實，仔細一讀，卻不簡單。

新詩

絕句

大體上
有一隻蒼蠅
也沒有關係

對峙

無關乎仲夏夜之執拗
媽媽的空氣是種優良的溝通媒介

小男孩眉間遂顯露出一股懊悔

熄火等待過長的紅綠燈

-60s
終於暫時停止抖動雙下巴
與世界的喧囂不再共振

-50s
體腔、雙腿、膝蓋、腳掌是心臟的延伸
末梢神經不斷傳來地面的堅實感

-40s
有鳥奮力振翅，從高樓上方俯瞰
雲在展示空氣對流

-30s
太陽在玻璃帷幕上跳舞
並且流下發亮的汗

-20s
每一部車的後座都載著動人的線條

-10s

每一部車的後座都載著動人的線條

-9s

鑰匙孔復歸啓動位置

-8s

左手後三指使力，撳住煞車

-7s

右手拇指輕按電子點火器

-6s

引擎與雙下巴同時發動

-5s

檢查前腳踏板物品是否穩固

-4s

扶好使用了五年的眼鏡

-3s

行人通過秒數結束

-2s

燈號轉黃

-1s

深呼吸——

0s

燈號轉綠

吐氣

右手微施勁道，掣動油門

不疾不徐，面對接下來的人生

公廁誌異二則

1

不定期的哨點
無權謀的站立
窗外的天空藍得透明
適宜掏出思想
唯拉鍊喊痛時可能構成拘束
即使有人偷窺　也無妨
一道瀑布的存在

2

我曾經山居
蹲伏在一條大河的上游

嘔心瀝血
終於寫成一首滿意的詩
而不為人知

有人在酒館裏問關於愛情的問題

有人在酒館裏問關於愛情的問題

酒杯無言以對
夜晚無言以對
新月無言以對

遙遠的一張床回應月光
以波浪的溫度

吻

如果親吻的步驟能夠簡化成口水的傳遞
我願意處於你的下風

或者站在上風處

不知為什麼我竟厭惡
國會議員總是占上風

屁

我放故我在
故在令人窒息的水底
我是顆美麗的泡影勝似真珠
不放的時候是什麼
什麼都不是
連屁——都不是

（你別笑，你也是）

奇怪的是
在鮑魚之肆
你我都羨慕他又臭又響又長
更奇怪的是
在芝蘭之室
你我也嫉妒著他又臭又響又長

（他存在嗎？）

我不存在的

當慷慨的大風吹起
聚成秋雲
化作秋雨
並且同秋水緩緩地流動

我存在的
當春天的花香瀰滿這個世界
你思念 美好的不協調

挖鼻孔

捷運的熙來攘往之間
專注於挖鼻孔這件事情
其重要性
毫無亞於認真地愛一個人
不在乎他們的眼光
恣意享受春光的照拂

或許她所愛正是一位國會議員

此時此刻
深陷在皮革轉椅裏
挖著鼻孔想他另外一本帳簿
笑容油然而生

見人徒涉外雙溪之一週後

彼一顆一顆一顆下一顆水分子猶在捶擊
我濕漉漉的心

渡到一半

下半身已經在下游
不禁祈禱，但無法合十

勿懷疑我的忠誠
我的頭顱

如果一隻白鷺
步履輕倩靈動
飛　上青天

見人徒涉外雙溪之二週又一週二週三週一週後

轉瞬即冬日早晨的岸邊
一顆頭顱做了一個關於筏的夢之後醒來
（抑或是筏夢見自己成為一顆頭顱）

不住地喃喃自語：
「我為尋找我的下半身而來——」

但流浪的流浪者不懂
甚麼是巫山頂上最後暴風雨的見證

隨意拾起漂流木
按照他自己的面孔
雕成一座眼神空洞的胸像

木頭人

一　二　三　木頭人
木頭人　有幾個？

一　二　三　木頭人
木頭　人？　人　木頭？

一　二　三　木頭人
木頭人　還在動

一　二　三　木頭人
木頭人　到處走

一　二　三　木頭人
一！二！三！木頭人！
撞到我！

路上見人所遺落布偶手機吊飾

髒汙，欲濡溼的柏油路面躺著
一具不小心被遺落的軀體
或者靈魂，毛絨絨的暗紅色

看不清面目，更何況乎秋聲冥啾啾
外雙谿呵外雙谿，何苦勞心費思來應和
這擾攘世間的不知名哀歌

「主人，我尊貴的主人
幾時才憶起、要來拾我?

「主人，我高尚的主人
若要拾，就得回頭，小心呵
當你走著一條無盡深黯的回頭路

「主人，我美麗的主人
請不必回頭來尋
我已是黑夜的俘虜，困頓疲乏
我願意就此投身溝壑、埋沒蒿草之中

為了雨後的彩虹之後的青空
為了繼續溫柔下去的十里香風
為了純白無瑕太陽味道的鞋帶
為了春水潺潺輕輕拂動奇花瑤草抖落珍珠粒粒
為了殘月天雁字回時你愛之人寫來的詩

「主人，我深愛的主人
我知道如何思念的方式:
心裏寫著你的名字
禁不住發笑
走你走過的路
説你説過的笑話

「主人，再見了主人
希望你偶然夢見
我隨你而哭泣
那是為了能夠最終一起歡笑」

太陽

日新又新
天天發光
以人觀之
何嘗不是虛度呢

唯有靜觀時才能看到的蟲絲
何嘗不是生命浪費的證據
漂浮在虛空之中
從空中來，回到虛中去

日新又新
蟲絲也曾因而發亮
落在紙上
紙因而不再空白

功課

日日槌擊
一鼎銅鐘的渾厚表面

鐘聲在鐘裏
鐘在寺裏
寺在山裏
山在世界裏

世界不在
山不在
寺不在
鐘不在

鐘聲在
我在

捷運上見人化妝之感想

最可怕的風景
莫過在廢墟重建之後
仍只見一片廢墟

議員們澆灌了一天的口水
離中山站不遠的國會殿堂的臺階下
還是生不出一株半棵大花咸豐草

想炸掉國會大樓
卻不會是最佳選擇
乃沉默地選擇不再相信競選廣告了
以及女孩子們的自拍照

春風之中，又多了幾張議員們的微笑
誰叫男孩子們都太相信表面工夫

雨天

雨天
就該共撐一把傘
與你

我失去了左半身
而世界就此完整

對於一朵花不再感到詩意

對晴天方才路經此地的白雲來說
於風於雨於霜於霧
一切與他無涉

朵斯提呵朵絲提，你可知道？
花瓣令我畏懼
不單單為了迴避
再而三且四又五還六
感覺沒有感覺的那感覺
（到午夜末了，依猶簾角留香）

詩是過著另一個人的人生
意義的真正意義是歌德巴哈的猜想

註：朵斯提，波斯語音譯，意指朋友。歌德巴哈的猜想，乃一明知而難證的數學論題。

台北的雕像

1

越是偉大的時代
我們越需要寂寞的石頭

例如一塊碑
例如一種元素矽
例如一面始終避開夕陽的鏡子

再沒有如此相像的模仿了
卻認真地自以為是睡美人

2

梅杜莎照鏡子
只剩下食指仍像蛇一樣滑動

舌信一吞一吐
慾望

3

看起來像人
其實是塊石頭

路上的背影似乎是維納斯
心腸更硬許多

坐著的彷彿是沉思者
蜘蛛膜分祈不出哲學

我多願意自己是泥塑的
逢雨便隨之融化

古典詩

王師偉勇email七月二十六日新詩。就寢前收得此詩，夢中輾轉得句

主人疆場臨滄海，四面高天盡自栽。

白石無言成景色，青雲攜手上樓臺。

茶前有味桑麻事，酒後吟詩柳絮才。

莫待相思尋杜若，長風知節亦還來。

王師偉勇email去年四月七絕一首，余敬和一首

此心安處是吾家，不必微吟羨暮鴉。

明月清風皆自在，何曾傳句在天涯。

讀《乾坤詩刊》淡水雅集「風拭葉爭黃」聯詩，心手俱癢，爲賦

清河月影長，今夜更微茫。

何處尋方丈，迷蹤共建章。

魚吹浪欲老，風拭葉爭黃。

焉得二三子，玉壺烹沍霜。

註：《漢書・郊祀志》：「（武帝）作建章宮，度爲千門萬戶。前殿度高未央。其東則鳳闕，高二十餘丈。其西則商中，數十里虎圈。其北治大池，漸臺高二十餘丈，名曰泰液，池中有蓬萊、方丈、瀛州、壺梁，象海中神山龜魚之屬。其南有玉堂璧門大鳥之屬。立神明臺、井幹樓，高五十丈，輦道相屬焉。」

以博論之故，邇來不敢耽詞。晚餐後，散步東吳校園而回圖書館501研究小間。備課至秦觀〈千秋歲〉「碧雲暮合空相對」，得句，遂足一絕

曉夢常隨錦衾薄，為留詩思故忍寒。

江郎豈是無才筆，世路多端欲下難。

炎暑高速公路塞車口占

青天白鳥飛時懶，萌糵如今已勝紅。
百萬雄獅齊發動，連成地上一條蟲。

遣興，兼及米羅畫

人間詩在踟躕賦，行路花來取次開。
白紙嫌他少顏色，塗成一片任君猜。

西江月

電子虛擬世界千態百端，觀無止處。尤其提槍赴敵，上下海空，非古人所能思議。吾好勇之人也，為作一小詞。豈非今之邊塞詞乎？

高鳥回看快砲，飛車踏破莽春。
一嗔射殺過三人。不是危邦不進。

遊戲有乎夫道，開機我獨悶悶。
忘情兼可忘吾身。橫笑大江滾滾。

多麗

九月廿九，中秋前一日，家家烤肉，戶戶明月。夜偕妻兒，往社廟前，觀平安戲。兒雖僅一歲半，極入戲，時為拊手。七點半開戲，洎八點半始歸家。天倫之樂，悠然自得之。乃頓悟「人間之苦，率多於樂；人間之樂，率大於苦。」之理。中秋夜，適為週日，夫妻二人北返板橋。

問姮娥，人間世太平否。
二千年、長城尚在，焉敵新起層樓。
染汙同、漸更氣候，信念異、互報仇讎。
經濟危機，核能爆炸，畫堂塗糞不堪收。
似有語、一江秋水，欲待卻東流。
渾無答、冥冥宇宙，獨運星球。

問盈盈、嬌妻稚子，月明明好看否。
鼓猶篩、踏街取次，夜正清、攜手悠遊。

上場痴人，人痴場下，最為痴物舊沙鷗。
笑君子、崑崙已遠，惟務稻粱謀。
時時若、良宵今夕，甜馬甘牛。

攤破浣溪沙

週一上午例往東吳，下午授國文，晚上授詞選。捷運上作此，題《魯拜詞》後。

七竅鑿穿會有時。我今不得見天倪。
流水行雲皆待價，許心知。

久歷人間成俗物，枉期霜首下書帷。
長幸小耽詞一片，醉如泥。

西江月

秋深夜中聽雨。下片第二句，用許汜事，見《三國志・魏書・呂布臧洪列傳》。

燈下小詞連雨，樓頭短夢黏愁。
不辭憔悴送清秋。始道和春消瘦。

點檢平生一半，陳留鉅野荊州。
其餘一半豈堪收。夜夜青燈唯有。

西江月

三月十六日爲穆詞慶祝生日，爲宜修慶祝滿月。下午送穆詞回富岡，妻陪同，宜修仍留娘家。晚上與妻將回板橋，穆詞不欲，直童言童語云：「回老家。」無可奈何，駕車北上，送妻回娘家，獨返「老家」。〈逍遙遊〉謂人有差等，我其何屬？

屎尿有乎夫道，尤須飲食得時。
兒曹遊戲莫推辭。稍會逍遙意旨。

興到吾心隨口，兒歌兩句三支。
燈昏臨睡好吟詩。幾個床邊故事。

菩薩蠻

電影《一代宗師》觀後，考《莊子・大宗師》「魚相忘乎江湖」之理，兼及近日「博士」相關新聞。

市朝販屨牽牛輩。中間許有屠龍意。
傳藝是宗師。宗師今是誰。

三招攤膀伏。一往無餘贖。
相忘在江湖。此生曾作魚。

西江月

傍晚五點自東吳圖書館出，擬往餐廳。時山色空濛，斜光濕翠相映，可謂奇絕。夜間於教學大樓四樓休息室見水蟻因趨光本能，飛入甚蕃。驟雨初歇，路燈之下，水蟻漫飛，想必墮於流潦而殭者難計矣。授詞選，及姜夔〈長亭怨慢〉「樹若有情時，不會得、青青如此」句，頗有所感。返家已然子時，妻兒俱入睡。沐浴之後，匆匆就寢。輾轉反側，腹稿此詞。

春暮居人恨少，濛濛殘雨籠晴。
新生一樹槭楓青。猶念杜鵑光景。

燈下羽衣自舞，枉教如月明明。
驀然佳約不輕盈。池面冰膠泛梗。

定風波

既望，同家人遊滿月圓。上片三至五句，彷彿白居易〈白雲泉〉、秦觀〈臨江仙〉之意。

一到青山人不窮。青山況且百千重。
有水豹奔來未已。聲勢。分天裂石敢稱雄。

語密隨蟬幾入定。鐘磬。閑看明月起林東。
畢竟棲烏愁日暮。歸路。鄉關肯料在樊籠。

巫山一段雲

早晨沿觀光街，過中山國中，送穆詞上幼兒園。傍晚反道而歸。穆詞好奇，每爲樹枝、果實、草葉、落花諸物而逗留。

一覺桃源夢，桃源又啓行。
車塵稍隔駐初程。野木雜花清。

榕子經時看，飛紅最有情。
舞腰猶作掌中輕。卻是未知名。

浣溪沙

近頗聽人說名利，遂思童山詩人相與談詩之誡。

邂逅終南名利客，人間有道論經營。
一筐詩稿誤儒生。

請聽童山聲勢壯，筆頭千句總含情。
琴臺先上賦雲平。

六州歌頭

檃括司馬遷報任少卿書，欲寄，不遂。

罷駑再拜，辱賜教推賢。
義勇者，全軀慎，智仁端。飭身嚴。
陵也自奇士，龍沙上，雍容騎，矢道絕，齊頮血，張空拳。
燕燕無心，何日將愍懇，寄與人看。
不材明主棄，迫賤乏人援。
一二鴻毛，事難言。

拘於羑里，困陳蔡，流三楚，貶西川。
周易演，春秋作，離騷傳。呂覽頒。
僕有無能稿，稽興壞，百餘篇。
藏名嶽，刊大邑，復何悛。
且浮沉俯仰，通惑遂狂顛。兀兀窮年。

浣溪沙

爲穆詞洗澡。初，執拗不從，要而強之。洗畢，嘻笑如常，恍然隔世。

漸喜近來似木雞。稍齊物論遠高梯。
時邀令威理殘棋。

未比阿戎能戲水，浣清泡影振新衣。
須臾忘世復忘機。

菩薩蠻

偕妻兒女登富岡頂樓觀鄰人放鴿。群鴿往復高天闊地之間，或俯衝，或沖霄，鼓翼之聲，歷歷到耳。秋氣澄澈，可遠眺台灣海峽，而秋雲厚積，自與晚照爭色。鴿之甘心樊籠，大異於澤雉。如今之世，莫不求與鴿同而已。

雲高恰似緣山積。海涼正復西陸遂。
健翮飽秋空。迴翔泯始終。

群飛時競賭。地上小兒女。
一振返樊籠。誰吁斜照中。

玉樓春

讀《杜詩詳註》。僕有癖，耽詞爲其一，又喜取古人 集而涉獵焉。杜甫、辛棄疾皆一流作手，所作既多且佳，我耽之亦久。

杜腸憔悴辛肝裂。掊作一堆猶淌血。
血流海水怎堪收，倏忽蕭條歸大雪。

寒冰結構太奇絕。遂使人間迷玉屑。
滿村聽説正詩家，誰肯從頭吟到徹。

謁金門

君不見。天下朱泙行遍。
噀玉龍吟渺雲漢。揹揹頻倚劍。

割菜歸來可薦。炙背壤歌海甸。
幸有龜蒙身僅免。屢看攜子晚。

謁金門

君不見。獨立庵丁志滿。
無厚恢恢乎有間。隨他委頓賤。

割肉歸來堪羨。共饗秋風庭院。
物理細推應斥鴳。蓬蒿生澤畔。

西江月

日晏，坐外雙谿。

暮鳥全無定向，蒼芒自洗塵埃。
雙谿恰恰足心齋，那識山中磊塊。

移孔肚皮又小，臘殘潘鬢蒿萊。
都云耳食礙形骸，鷗鷺一飛到海。

國家圖書館出版品預行編目(CIP)資料

並蒂詩香 / 徐世澤等合著. -- 初版. --
臺北市 : 萬卷樓, 2014.02
面 ; 公分. --（文化生活叢書）
ISBN 978-957-739-850-5（平裝）

831.86 103001130

並蒂詩香 2014 年 2 月 初刷 平裝

ISBN 978-957-739-850-5 **定價：新台幣 580 元**

作　　者	徐世澤、邱燮友	出版者	萬卷樓圖書股份有限公司
	許清雲、陳永正	編輯部	臺北市羅斯福路二段 41 號
	黃坤堯、徐德智		9 樓之 4
發 行 人	陳滿銘	電話	02-23216565
總 編 輯	陳滿銘	傳真	02-23218698
副總編輯	張晏瑞	電郵	editor@wanjuan.com.tw
責任編輯	吳家嘉	發行所	臺北市羅斯福路二段 41 號
編　　輯	游依玲		6 樓之 3
編　　輯	楊子葳	電話	02-23216565
封面設計	斐類設計	傳真	02-23944113
		印刷者	百通科技股份有限公司

 新聞局出版事業登記證局版臺業字第 5655 號

如有缺頁、破損、倒裝 網 路 書 店 www.wanjuan.com.tw
請寄回更換 劃 撥 帳 號 15624015